敬赠

四十载星火成炬，产融经纬织就山河长卷。愿这本书化作纽带，联结产业的温度与人文的厚度，在您的案头，续写这场与华夏大地的深情对话。

敬请雅正

在这里能看见华夏

产业地理·金融活水
另一个视角的九州文化行旅

本书编委会◎编著

中国金融出版社

责任编辑：王雪珂
责任校对：李俊英
责任印制：程　颖

图书在版编目(CIP)数据

在这里能看见华夏／本书编委会编著．-- 北京：中国金融出版社，2025．6．-- ISBN 978-7-5220-2876-7

Ⅰ．I267.1

中国国家版本馆CIP数据核字第2025P3W179号

在这里能看见华夏
ZAI ZHELI NENG KANJIAN HUAXIA

出版
发行　中国金融出版社

社址　北京市丰台区益泽路2号
市场开发部　(010) 66024766，63805472，63439533 (传真)
网 上 书 店　www.cfph.cn
(010) 66024766，63372837 (传真)
读者服务部　(010) 66070833，62568380
邮编　100071
经销　新华书店
印刷　天津市银博印刷集团有限公司
尺寸　169毫米×239毫米
印张　16
字数　258千字
版次　2025年6月第1版
印次　2026年1月第2次印刷
定价　86.00元
ISBN　978-7-5220-2876-7

如出现印装错误本社负责调换　联系电话 (010) 63263947

序一

2025年1月20日，华能集团工委正式授牌资本公司工会——中国华能集团公司职工文学协会会长单位，并赋予一项重任，组织开展“我与华能”征文大赛，庆祝华能创立40周年。我与贵诚信托的负责同志赵刚、葛元利参加了授牌仪式。这一天，正逢甲辰龙年最后一个节气“大寒”。

回公司路上，我陷入沉思。虽不至因时间紧、任务重而心生“大寒”，但对办好文学协会真不知该从何入手。不过，贵诚的同志宽慰我，说他们计划编本书，希望以协会名义出版。我连说“好好好”。

5个月后，他们请我给新书《在这里能看见华夏》作序。我知道书稿已很完整，并经过金融出版社“三审三校”，再加内容难免多余；但推辞不过，只好先答应下来。隔天才知道，刚好赶上“夏至”。内心涌上一股暖意，不写几句不行。

有理想的人总会有不凡的人生，有追求的企业亦如此。本书19位作者的作品，几乎全部来自参加华能创立40周年征文的作品。以金融的视角，记录贵诚员工在产融结合业务拓展中的细微点滴，字里行间让我们感受到华能人的精神风貌。从一滴水，到一条河，成一片湖，再汇入大海。信托在回归本源，华能在绿色转型，国家在发展进步。在这里，我们看见的不只是地理经纬上的华夏，更深的则是新时代正经历变革的华夏，这种变革无疑是包括19位作者、数百名贵诚人、十余万华能职工参与推动、不懈奋斗的结果。正如主编李星野所感悟的：险山急水之间，日夜奔流的，依旧是愈挫愈强的精气神。

这是读者都能看见的，也是编者所希望的。

塞罕坝的老人说：种不活树的地方，就留不住人。没有追求的企业，也吸引不来真正的人才。本书19位作者，无不出自名校、光环加身，多数加入贵诚不超过5年。是什么吸引打动了他们？我想，经营机制和企业文化是两个极重要的原因。华能创立40年，始终践行“三色”公司使命，不仅在电力能源主业发挥了至关重要作用，而且勇于深化改革，造就了一批市场化经营机制运行良好的金融企业，凝结形成了符合习近平总书记“五要五不”要求、具有自身特色的“三色”金融文化。

贵诚职场硕大的员工墙上，醒目地写着：“我们从哪里来？到哪里去？”两个问题时刻提醒着每一名员工，不忘初心、抬头赶路，执正念、走正道、干正事，扎根产业、服务实体，做产业金融的坚定实践者。正因如此，包括贵诚在内的华能金融企业，才能够一直走在产业金融的前列，甚至享誉国内金融行业。如果用一句话来评价，我想说：华能有“你”，更精彩！

中国华能集团公司职工文学协会　张军

乙巳蛇年　夏至

序二

作为职业生涯起步于信托，又在投资行业从业多年的老兵，当笔者翻开这本《在这里能看见华夏》，一种久违的熟悉感与敬意油然而生。这不是一本传道解惑的理论著作，而是19位华能贵诚信托一线同仁用真挚笔触记录下的职业足迹，他们曾是各省市的高考佼佼者，如今深耕信托行业，将智慧与热情倾注于华夏大地的产业沃土。本书用文字勾勒出真实的工作场景，又不失文采，字里行间流淌着对事业的赤诚，令笔者深感触动。

本书不仅展现了华能信托在产融结合领域的丰硕成果，还展现了一群优秀信托人工作和生活的日常。细微之处见真章，正是透过这些亲历者的讲述，笔者清晰地看到如今信托服务如何落地生根，更感受到华能精神在代际传承中焕发的生命力，其价值远超个体经验，凝聚成金融服务国家战略的生动实践。

作为行业领军者，华能信托依托华能集团深厚的产业根基，始终以央企担当探索产融结合新路径。在“双碳”目标引领的绿色转型大潮中，华能肩负着能源革命的重任。贵诚人则充分发挥信托制度的灵活优势，通过资产证券化、股权投资、并购信托、产业基金等多元工具，精准对接集团能源主业发展需求，这种深度的产融协同，既为传统能源升级与新能源开拓提供了高效融资模式，也为金融行业服务实体经济树立了标杆。金融如何破解实体融资难题？这本书提供了宝贵的实践答案。传统能源的绿色转型与智能化升级，也在书中展现出清晰路径：既有存量产业的自我革新，也有新能源产业的培育开拓。华能项目遍布全国，每一次严谨的尽调，每一轮艰苦的谈判，每一份合同的签署，都凝聚着华能人的智慧与汗水。前路虽艰，但贵诚同仁用行动证明：行而不辍，终至所归。

跟随作者们的脚步，宏大的国家战略化为一个个具体可感的项目图景：内蒙古呼伦贝尔凛冽朔风中矗立的风机，呼和浩特温暖千家万户的热电网络，河北承德塞罕坝上涌动的无垠绿浪，陕西榆林、甘肃庆阳的能源基地，四川阿坝、云南澜沧江的水电明珠，贵州山林的长风，再到深圳、北京涌动的创新潮头，黑龙江大庆不熄的工业薪火，浙江杭州数字经济的澎湃动能……每个项目从蓝图变为现实，背后是团队无数日夜的坚守与付出。这些平凡工作的点滴积累，铺就了不平凡的事业之路——每位读者都能从中看到坚守岗位的自己，这份共鸣令人振奋。难得的是，书中不仅有专业思考，更充满生活气息。项目间隙的烟火日常，同事间的真挚情谊，让我们看到这些推动时代前行的身影，同样有着鲜活可爱的面貌。

信托之重，在托举时代；信托之温，在点燃平凡。这本书正是这重量与温度的交融。它不仅是华能信托足迹的铭刻，更是照亮信托业服务国家战略征途的星火。3年前，我曾将自己在信托及金融业多年从业的经验写成了一本书《信托的未来：大监管时代信托的转型与对策》（中信出版集团，2022），里面特意提到了一点，那就是中国信托业一路走来，形成了一条与欧美模式完全不同的发展道路，其所倚仗的是中国信托人在实践中摸索的独特经验。从本书19位作者的工作实践中，笔者已然看到了中国信托业的未来与希望。

我郑重推荐此书给所有关心中国金融与实体经济融合发展的同行，书中跳动的时代脉搏与赤子之心，值得我们用心品读，深深致敬。

中国资本市场50人论坛（智库）执行秘书长、琨山资本集团总经理

王文韬

前 言

同行华能 看见华夏

历史的长河奔涌向前，华夏大地在岁月洪流中遍书传奇。

四十年，对于这片古老而厚重的东方之地，不过是短暂的一瞬，但对于中国华能而言，却是应时而兴、因需而变、乘势而进的长编。在能源产业领域，华能贯彻“四个革命、一个合作”能源安全战略，以其坚韧的志向、笃行的创举和精进的成就，成为稳定世界能源供应、推动中国能源发展的重要力量。

公元二〇二五年，华能迎来了成立四十周年的重要时刻。方是时，我们集腋成裘，捧出了这本表达华能人观察、思考与实践的书籍——《在这里能看见华夏》。

本书以地理坐标为经纬，沿着华能产业布局的足迹，将人文与历史有机融合，为读者呈现了一幅电力能源产业在华夏大地上的恢弘画卷。从呼伦贝尔的风电长歌，到敕勒川的光焰万丈；从塞罕坝的光伏绿洲，到黄土高坡下的煤海深掘；从河西走廊的能源多元探索，到中原腹地的风电交相辉映；从贵州只此青绿间的长风径流，到藏羌之地水脉与文脉的交融涌动；从广东沿海的海上风电壮阔，到金融慈善善行九州的温暖传递……华能产业所及之处，不仅是综合化能源版图的拓展延伸，也是与华夏大地血脉相连的同生共衍。

华能的故事中，珍藏着华夏的故事。

华能的足迹下，拓印着时代的足迹。

请看，水电站的涌流在四川的崇山峻岭间闪耀着现代科技的光芒；请听，风机的叶片在内蒙古、河北等地的广袤土地上迎风旋转，奏响绿色能源的乐章；远远望去，光伏面板沿着三边荒漠与河西走廊铺展开来，为西行之路披上了蓝金色的外衣；近身感受，热电厂在北方的寒冬里泛起红晕，为千家万户送去触手可及的温暖；由晋至陕的矿脉在地下深处绵延，为国家的能源供应输送底气与力量；金融投资与慈善公益在产业的土壤中并举，如点点露珠，折射着企业回报社会的“大爱微光”……这些项目，串联起了华能产业布局中的无数节点，标记着华能“三色”文化理念指引下的一个个精神坐标。

华能贵诚信托[①]，作为华能旗下金融板块的组成部分，正是其中的观察者、追随者与支持者。在行满四十的产业年轮中，信托已同画十六圈。华能贵诚信托自诞生之日起，即立足产业央企的禀赋，发挥信托制度的优势，以辐射全国的展业经历、深入多领域的行业特征，主动探寻、认同并践行华能产业投资的逻辑，不断贴近、服务国家战略发展的需求。在这一过程中，华能贵诚信托坚持金融服务实体的根本属性，坚持思考产业金融应当如何实践“国之大者”、融入能源产业的全国布局，信托工具又该如何更好地服务主业投资的需求，在“产融协同”中实现以融促产、以融强产的目标。

本书的作者群，也正是由华能贵诚信托的员工们所组成。他们深入项目一线，以素描的方式，记录下华能产业在华夏大地上的投资景观。这些记录不只是对“金融服务实体经济”的近身观察，也是对华能集团长期

① 华能贵诚信托有限公司是由中国华能集团有限公司作为实际控制人，华能资本服务有限公司控股，贵州省及国内多家大型国有企业参股的非银行金融机构。于2008年由华能资本服务有限公司在原贵州省黔隆国际信托投资有限责任公司基础上增资扩股重组而成；2009年正式更名为华能贵诚信托有限公司并展业至今。

以来扎根中国、振兴区域、服务社会的多维诠释，以及对“产业 + 金融”共写中国特色金融文化的另一种表达。

翻开这本书，我们能看到厕身其间的华能人，对这片祖宗之地的深情厚谊，对中国能源事业的执着追求，以及对中华文明可持续发展的责任与担当。在字里行间，我们能感受到金瓯永固的厚重与沧桑，领略到禹迹茫茫的壮丽与秀美，体会到能源产业的勃兴与绵延。这不仅是一份关于企业产业布局与发展成果的行动记录，更是一本展现当代金融人观察角度与思考深度的文化笔记。

这本书，所见者不过零光片羽，只是记录中国华能四十年与时偕行、破浪擎旗历程中的几段剪影；却是我们对这片愈挫愈勇的土地、对这个从未止步的时代，清醒的观察与深情的告白。它承载着华能人的奋斗与梦想，见证了华能事业的改革与发展。我们相信，这本书将成为读者了解华能、寻迹华夏的一扇小窗，让更多的人感受到华能集团在推动中国能源事业发展中所走过的路程，以及她为此所付出的不懈努力。

本书的出版，离不开中国华能集团相关部门和华能资本的大力支持，离不开中国金融出版社编辑老师的专业指导。但受限于知识结构和从业阅历，本书难免有错漏不当之处，希望读者朋友批评指正，争取有机会再版时予以更正。

接下来，让我们共同走进这本书，去感受华夏大地间产业与风物、产融与文化的蓬勃脉动，去见证一个负责任企业在时代浪潮中的奋进与作为。我们期待，读者朋友可以跟随本书的足迹，与华能同行，看见一个生生不息的蓬勃华夏，看见一个与古为新的奋进中国。

本书编委会

2025 年 6 月

目 录

鹏徙南北·改革潮吞日月来

群芳簪绂·九州无处不尧封

敕勒星穹
塞上燃燈照鐵衣

按语

敕勒星穹，浩渺无垠，塞上燃灯，照亮铁衣。本章引领我们走进北国边疆，探寻那片土地上的辉煌与坚守。

呼伦贝尔，风与光交织的星河之地。在这里建风车、铺光伏板，但每一步都带着对自然的敬畏。这些“板上发电、板下牧羊”“铁驯鹿与真驯鹿共舞”的场景，让我们看到科技不是冰冷的钢铁洪流，而是能像牧草一样扎根土地。

塞罕坝，风起时，绿意盎然。那片从皇家猎苑到世界最大人工机械林场的奇迹之地，重现绿水青山，丰富的风光资源更成为绿色能源的心脏。

敕勒川畔，百年灯火，照亮岁月长河。从第一盏电灯的微光，到如今热电厂的轰鸣，再到新能源的蓬勃发展，呼和浩特热电厂见证了时代的变迁与能源的革新。

从塞罕坝的绿浪滔天，到呼伦贝尔的风光无限，再到敕勒川畔的百年灯火，每一篇文章都是对这片土地上坚韧不拔、勇于开拓精神的颂歌。

呼伦贝尔

呼伦贝尔市位于内蒙古自治区东北部，地处大兴安岭西麓，是中国向北开放的重要门户和生态屏障。作为国家重要能源基地，其煤炭资源储量居全国前列。主要煤田包括伊敏煤田、宝日希勒煤田等，其中伊敏煤田是我国首个煤电联营示范基地，通过坑口电厂实现褐煤高效转化。

华能内蒙古东部能源有限公司原名呼伦贝尔公司，于2007年1月，在原华能伊敏煤电公司、呼伦贝尔市属扎赉诺尔煤业公司、北方联合电力公司所属安泰热电公司基础上组成。

"我的家乡呼伦贝尔作为国家5A级旅游景区，是中国北方重要的生态安全屏障。华能在这里布局清洁能源枢纽，串联起了林海雪原的生态保护与能源转型的双重叙事。谨以此文献给每一位在工作岗位上尊重生命、敬畏自然的华能人。"

——葛元利

葛元利，中国电力作家协会会员、内蒙古作家协会会员，"95后"新锐作家，《作品》杂志特约评刊员。发表文学作品计五十余万字，曾获中国电力文学奖、冰心散文奖、中国青年诗词奖、中美文学大赛特等奖等奖项，被聘为中国全民阅读媒体联盟"微笑彩虹"行动公益大使，所著《扶贫日记》被"学习强国"列入读书推荐栏目，所撰论文获国务院扶贫办优秀论文、华能集团党建思想政治工作优秀研究成果一等奖，所创作宣讲微视频荣获中央企业基层理论宣讲微视频优秀奖。现就职于华能贵诚信托有限公司人力资源部。

呼伦贝尔的风与光
钢铁与草木共生的星河

引子

爸爸做了一辈子的电厂人，运行车间表盘的味道与时光一道，在他的身上雕刻出了深深浅浅的纹路。过年回家，一直心慕华能电厂的他知道我在写这篇文章，几乎动用了一辈子的关系网络，联系华能在呼伦贝尔各大电厂的朋友给我提供写作素材。在提炼爸爸朋友口述的神话般的故事时，在搜索整理网络披露的各种建设信息后，我恍然惊觉：原来华能的“风”“光”与呼伦贝尔这片土地的风光，始终紧密相连、根系盘错，在悄无声息中，织构了一张绿色生态网。

2022年：规划先行，热电联产项目启动可行性研究。华能内蒙古东部能源有限公司启动呼伦贝尔地区热电联产项目的可行性研究，包括满洲里2×350兆瓦和牙克石市1×350兆瓦项目。这两个项目以“热电联产”模式为核心，旨在替代分散小锅炉，提高能源利用效率，同时减少燃煤污染。研究阶段特别强调环保措施，如烟气超净排放改造、循环水余热利用等，并计划结合“智慧电厂”技术，优化能源结构。

2023年：新能源与生态修复并举。一是煤电转型与生态补偿，华能在露天矿复垦区推进“采一吨煤，还一亩林”计划，将废弃矿坑改造为生态湿地，种植樟子松、白桦等本地树种，逐步修复草原生态链。例如，在海拉尔河畔的复垦区蓄水成湖，吸引候鸟栖息，成为生态监测示范点。二是风电与草原共融，陈巴尔虎旗建成了30万千瓦的风电场，同时建设时风机布局避开牧道与草甸返青区，施工车辆采用绕行草场的方式力图减少生态干扰。项目年发电量超过12亿千瓦时，替代标准煤约20万吨。当地牧民观察到蓑羽鹤等鸟类已适应风车环境，印证了生态友好设计的成效。

2024年：绿色技术深化与产业融合。一是热电联产扩建工程开工，满洲里煤电一体化扩建项目进入建设阶段，采用“深度调峰”技术提升电网灵活性，并配套封闭式煤场和废水循环系统，减少粉尘与水资源消耗。该项目预计投产后可满足区域供暖需求，降低散煤燃烧污染。二是光伏与牧业协同，伊敏河畔建成“牧光互补”光伏电站，光伏板间隙保留牧草生长空间，羊群可在板下遮阴。项目设计预留勒勒车通道，兼顾传统放牧需求；年发电量达数亿千瓦时；同时为牧民提供额外收入。三是生态监测体系完善，华能联合地方生态环境部门建立辉河湿地观鸟台，安装红外相机监测黄羊、狍子等野生动物迁徙，确保新能源项目与生物活动区无冲突。监测数据同步用于优化风机布局，降低对鸟类飞行路径的影响。

2025年：绿色能源集群与区域协同。一是“风光火储氢”一体化布局，华能启动呼伦贝尔清洁能源基地规划，计划整合风电、光伏、储能与绿氢制备，打造多能互补系统。例如，利用弃风电量电解水制氢，为周边工业提供低碳能源，进一步减少化石能源依赖。二是乡村振兴与能源普惠，在鄂温克旗等牧区推广屋顶光伏项目，为牧民安装太阳能充电设备，提供稳定电力供应。同时，捐赠638千瓦光伏系统给对口帮扶村，年增集体经济收入25万元，实现“绿电造血”。三是技术革新驱动减排，引入柔性支架光伏技术，土地利用率提升50%；并试点“火电厂循环水去药剂化处理”，减少化学污染。通山南林光伏项目成为华能集团技术示范点，获行业创新奖项。

呼伦贝尔的能源转型，恰似草原上的风与光——风车转动时，叶片切割气流的声音与百灵鸟的鸣唱交织；光伏板下，牧草与羊群共享同一片土地。华能的工程团队常言：“若黄羊不再来吃草，便是我们的失败。”这种敬畏自然的理念，贯穿于每个项目的细节：施工车辆绕行草甸、风机间距为候鸟留出通道、煤矸石小路与白桦落叶共生……草原的生态韧性，在能源开发中未被削弱，反而因科学修复与节制开发得以延续。

因此，谨以此文，献给我的家乡呼伦贝尔，献给我的公司华能集团，献给每一位在岗位上敬重生命、敬畏自然的工作者。

风电与鹿铃

额尔古纳河右岸的春风裹挟着细碎的冰凌粒子，将白桦林刮出裂帛般的脆响。我蹲在河畔的倒木上，望着驯鹿群啃食石蕊地衣泛起的白雾，忽见头鹿“玛鲁王”的铜铃剧烈摇晃——那只刚满月的鹿崽子“恰日克”正跌跌撞撞奔向莫日格勒河第五道弯。它浅褐色的尾影掠过冰裂的河面，像支离弦的桦皮箭，直直刺向雾霭深处那片正在生长的钢铁森林。河冰在蹄下发出哀鸣，我的犴皮靴碾过去年秋天的蓝莓残骸，紫色汁液在雪地上洇出诡异的图腾。三百米外，三十三座银甲巨人在冻土中拔节生长，华能风电场的基座如巨兽之足扎进黑钙土，惊起湿地深处越冬的蓑羽鹤。灰白羽翼掠过测风塔的激光雷达，在数据流里划出一道生物迁徙的涟漪，工地上空盘旋的无人机慌忙避让，镜头里留下半片飘落的绒羽。

鄂温克老猎民阿玛哈蹲在玄武岩断崖上打磨鹿骨刀，腰间的犴皮囊里，燧石与铁器碰撞的叮当声和工地的电弧焊光遥相呼应。他浑浊的右眼倒映着旋转的叶轮，刀锋在钢塔阴影里泛起冷光："铁驯鹿在吃风呢，比驼鹿还能吞，也不怕硌碎钢牙。"悬崖下的上海工程师王师傅正仰头调试测风仪，镶貂毛的护耳帽结满霜花，他忽然哼起半句《敖鲁古雅小调》，惊得岩缝里的雪鹀扑楞楞撞上风机叶片。飘落的绒羽粘在塔筒防冻涂层上，像给钢铁巨人缀了枚自然勋章。我捡起那片带着体温的羽毛，发现羽管中段嵌着一颗微型传感器——这是上周环志站给候鸟佩戴的追踪器。当它随着叶轮旋转升入百米高空时，监控室里某个屏幕上的迁徙路线图，便多了一道诡异的折线。

施工期正逢达斡尔族的"昆米勒"节，妇女们端着盛有柳蒿芽炖鱼的铜锅围聚在吊装现场。老式留声机里流淌的扎恩达勒民歌与起重机的液压泵声奇妙共鸣。伊兰嬷嬷将七彩神幡系在安全围栏上，她布满黥纹的手掌抚过钢塔基座，指甲缝里的熊油在金属表面留下蜿蜒的纹路："铁树开花时，记得给白那查山神敬三勺鹿心血。"那夜雷暴来得蹊跷，闪电如银狐群般扑向驯鹿营地，却在距地面三十米处突然折转，被风电场尽数收入储能柜。翌日清晨，守夜人发现基座周围布满成圈的鹿蹄印，深浅不一的凹痕里积着未化的雪粒。更离奇的是，每座钢塔东侧都生长着环状的雷击菌——这种深紫色的地衣，鄂温克人只在火山喷发后的神迹之地见过。

王师傅常来我家撮罗子蹭驯鹿奶茶，褪色的工装裤上总沾着松针和树脂。他那个漆皮剥落的笔记本里夹着女儿在哈尔滨冰雪大世界的照片，冰雕城堡的荧光透过泛黄的纸页，在桦皮墙上投下诡谲的蓝影。"等通了电，你也能在森林里看极光直播。"他调试逆变器时，犴皮靴碾碎了火塘边的列巴渣，碎屑里突然钻出一只越冬的瓢虫，在电路板上爬出S形轨迹。额尼往熊皮褥子下塞了把杜香草，烟气缭绕中轻叹："小心别把火神的魂灵关进铁匣子。"她转身从桦皮箱底取出祖传的鹿皮鼓，鼓面中央的铜钉正对王师傅胸前的工牌反光，暗红的漆色里似乎涌动着某种不安。

五月接羔季突遇白灾，是山神发怒的征兆。玛鲁王脖颈的铜铃在暴雪中碎成满地光斑，三百头驯鹿在能见度不足五米的林海里迷失方向。华能的移动电源车亮着鄂伦春熊图腾冲破雪幕，车顶旋转的探照灯像把银斧劈开混沌。“左前方三十度，热源信号！”王师傅的脸紧贴着热成像仪，荧绿屏幕上突然跃出心跳般的红点——恰日克蜷缩在冰窟里，早产的身躯已凝成琥珀。他将葡萄糖液插进充电宝USB接口，输液管在零下三十摄氏度迅速结霜，驯鹿呼出的白雾与设备散热孔的热浪在空中缠绵升腾。老猎人托罗克跪在光伏板旁，用鹿角刀剖开母鹿的子宫，将温热的胎衣埋进冻土——这是鄂温克人献给新生命的古老仪式，却与变流器散热孔的嗡鸣形成诡异的二重奏。

那个暮春黄昏，我随王师傅攀上23号风机。螺旋钢梯的寒气透过三层犴皮手套往骨髓渗，九十米高处的机舱里，液晶屏蓝光与极光监测仪的红芒在玻璃上交织成紫罗兰色光晕。当第一缕晚风催动叶轮时，整个钢塔发出浑厚的嗡鸣，恰似萨满敲击的鹿皮鼓，震得我怀里的测温仪嗡嗡共鸣。透过观察窗望去，莫日格勒河的九曲银链正在夕照下熔化成金水，远方撮罗子升起的炊烟与变流器散热孔的白雾在空中缠绵。王师傅的工装袖口磨出流苏般的毛边，随着他调试偏航系统的动作轻轻摇曳，竟与鄂伦春神袍上的鹿筋流苏惊人相似。“现在咱们站在森林的肺叶上，”他指着功率曲线解释，“每阵风过都能给海拉尔送去十斤列巴的热量。”

归途遇见布里亚特牧人驱赶云朵般的羊群，新装的驱鸟器在暮色里闪着幽蓝的光。巴特尔大叔扬着马鞍囊大笑，镶银的鞍桥映出最后一缕霞光：“等通了电，请你们喝冷库里的蓝莓酒！玛鲁王最爱的醉马草也能冰镇保鲜喽。”他的皮袍下摆扫过光伏板边缘，纳米涂层上立刻留下道油脂的虹彩，与监控室里突然波动的发电曲线产生微妙关联。夜色降临时，我独坐在倒木旁素描风机轮廓。储能柜的低频震动惊醒了冬眠的花鼠，它蹿上钢塔基座时，爪尖在防锈漆上留下细密的纹路——这微小的生物电流，或许正通过接地线汇入庞大电网，成为点亮上海某座写字楼的亿万分之一的光。王师傅的笔记本摊开在苔藓上，上海小囡的风筝照片与我的驯鹿速写在月光下形成奇异对话，碳素笔迹与桦树汁颜料在露水中慢慢晕染。

那夜我蜷在熊皮褥子里，梦见自己变成恰日克在钢铁森林奔跑。风机的叶轮化作巨型鹿角，电缆是垂落的松萝，变电箱里传出伊兰嬷嬷的古老歌谣。玛鲁王的铜铃在云端回响，每声震荡都催开一朵钢铁之花，花粉是飞舞的二进制代码。当我试图啃食闪着幽光的绝缘子时，舌尖突然尝到额尼熬的驯鹿奶的咸腥。当凌晨被冻醒时，撮罗子外传来施工队浇筑混凝土的轰鸣。月光穿过桦皮墙的裂隙，在逆变器外壳上投下枝丫状的光斑，像极了萨满鼓面的闪电纹。我忽然读懂阿玛哈的隐喻——铁驯鹿与玛鲁王都在以自己的方式守护山林，只不过一个吞吐的是长风，另一个反刍的是时光。

晨雾中，第一台风机正式并网发电，航空障碍灯的红光刺破黎明，恰似山神在林海上空点燃的千盏酥油灯。

林海与齿轮

在莫日格勒河解冻的轰鸣声里，华能风电场的第三批机组开始吊装。我蹲在倒木旁看王师傅调试测风仪，他工装裤膝盖处磨出的破洞里露出犴皮护膝，那是额尼用去年猎到的幼犴皮缝制的。春风卷着冰碴子掠过河面，将液晶屏上的数据吹成模糊的光斑，王师傅忽然摘下沾满松脂的眼镜："娃子，想不想看看铁驯鹿的心脏？"

他说的"心脏"藏在23号风机底部，是个布满管线的混凝土舱室。推开锈迹斑斑的检修门时，潮湿的金属气息扑面而来，混合着去年秋天封存的松脂香。王师傅的手电光束扫过齿轮箱，黄铜齿牙在黑暗中闪着蜜蜡般的光泽，让我想起阿玛哈腰间那串祖传的熊牙项链。"这是增速箱，"他沾着机油的手指在齿面上划动，"能把风轮的慢舞变成发电机的疾驰。"

舱室突然震动起来，头顶传来闷雷般的轰鸣。我慌忙抓住接地铜

呼伦贝尔的冬季

排，冰凉的触感顺着掌心直窜后颈——此刻叶轮正以每分钟十五转的速度切割春风，而我在地下六十米听着这头钢铁巨兽的心跳。王师傅却淡定地掏出个桦树皮盒子，里面躺着微型齿轮组，黄铜零件在震动中相互叩击，竟与头顶的轰鸣形成奇妙的和声。“去年冬天做的，”他眼角堆起笑纹，“用废轴承和鹿角雕的”。

那夜暴雪突降，我们被困在检修舱。应急灯将人影投在混凝土墙上，恍如皮影戏中的精怪。王师傅用热熔胶枪修补绝缘层，熔化的塑料味混着他保温杯里的蓝莓酒香，在密闭空间酿出奇异的气息。我突然发现舱壁有道裂缝，渗进的雪粒在灯光下跳着萨满舞，王师傅用万用表的探针在冰晶上画出电路图：“这是风场的神经网络，每个节点都住着个电子萨满。”

凌晨时分，储能系统因低温报警。王师傅拆下加热器的镍铬合金丝，在舱内架起简易篝火。跳动的火光照亮他后颈的纹身——不是上海滩常见的龙虎图案，而是鄂温克神话中的火神“托罗布科”。当他用绝缘胶带修补漏风的舱门时，那神像在火光中扭曲跃动，仿佛真要破皮而出，吞尽这钢铁巨兽腹中的寒意。

七天后，我跟着检修队深入风场腹地。融雪期的草甸成了沼泽，工程车的防滑链碾碎冰壳，露出底下发酵的草炭。达斡尔族向导乌恩其突然示意停车，他解下腰间的狍哨吹响，远处立刻传来鹿铃的回应。我们踩着塔头墩子跋涉两里地，竟在光伏板阵列边缘发现被困的驯鹿群——它们把板面反光当作冰面，蹄子陷进了融化的泥淖里。

“得切断电源！”王师傅抄起绝缘杆就要去扳开关，却被乌恩其拦住。老猎人解下皮袍铺在泥地上，哼起悠长的“扎恩达勒”，鹿群竟跟着调子慢慢卧倒。我学着将光伏清洁刷垫在鹿腹下，众人合力将玛鲁王最先托出泥潭。当最后一头母鹿的蹄尖离开板面，王师傅忽然发现发电量曲线出现诡异波峰——原来鹿群挣扎时的静电通过接地线传回了系统。

归程时乌恩其递给我一块松香，说是从受惊母鹿角上刮下的。“抹在工具柄上，”他黧黑的脸膛映着晚霞，“比你们汉人的防滑胶灵。”我后来把这琥珀色的馈赠涂在力矩扳手上，某次抢修时竟发现它遇热散发的气息，能让躁动的狼犬安静下来。

谷雨那天，我随伊兰嬷嬷参加风电场的开光仪式。她将鹿心血混着杜香草灰抹在塔筒上，古老的咒语随鼓点撞击钢板。王师傅偷偷在绝缘子上系了哈达，说是老婆特意从上海寄来的。当萨满鼓槌最后一次敲击变流器外壳时，所有风机突然同步偏航，叶轮划出的弧线竟与祭舞轨迹完全重合。现场监测的德国工程师盯着屏幕惊呼“奇迹”，却不知伊兰嬷嬷的法器里藏着磁铁。

最难忘的是那次雷击事故。闪电劈中19号风机时，我正在两里外的河滩采柳蒿芽。火光炸响的瞬间，所有驯鹿齐刷刷地望向东方，玛鲁王的铜铃无风自鸣。我们赶到现场时，王师傅已经悬在百米高空检查叶片——安全绳在暮色中摇晃如蛛丝，他变成贴在钢塔上的“壁虎”，手持检测仪，认真观察“猎物”。

蓝莓与债券

呼和浩特的初雪落进铜奶茶锅时，我正在图书馆抄录《清洁能源发展白皮书》的数据。窗外的风卷着雪粒子叩打玻璃，竟与三年前王师傅调试风机时的动静有几分相似。教授搬来的大兴安岭微缩沙盘搁在长桌上，落叶松林缩成巴掌大的翡翠绒毯，光伏板阵列在比例尺中泛着幽蓝的光晕，像是额尔古纳河支流凝结的冰凌碎片。

“每只绿色债券对应五台风车，”系主任的教鞭划过沙盘边缘的输电线模型，“年化收益率要看驯鹿迁徙路线和太阳高度角”。我的指尖无意识摩挲着变电站树脂模型的凸起，突然被静电打得一颤——这冰凉的触感让我想起王师傅的那个桦树皮盒子，那些用报废轴承和鹿角雕刻的微型齿轮，此刻正在记忆深处幽幽转动。

我寒假跟着调研组深入陈巴尔虎旗，蒙古包前支起的投影仪将融资方案投在勒勒车的帆布篷上。布里亚特大妈其木格攥着碳汇股权认购书，拇指的羊油在纸面洇出驯鹿图腾的轮廓。“三十只羊入股，”她镶银的牙在晨光里闪动，“给孙女换台能看安代舞的平板。”她的彩绸头巾被光伏板上的露水打湿，虹彩折射在PPT幕布上，将财务模型染成流动的极光。

深夜在牧户家整理数据，忽听得帐外传来急促的狍哨。巴特尔大叔的孙子巴图在光伏阵列里迷了路，应急灯的光束切开黑暗，我看见男孩蜷缩在逆变器旁，怀里抱着受惊的羊羔。金属外壳上的冷凝水浸透了他的皮袍，跳动的指示灯映在瞳孔里，像被困住的萤火虫。“铁树在夜里会吃小孩吗?”他颤抖着问我，套马杆尖端还粘着晶硅板的碎屑。我解下狼髀石项链塞进他掌心，冰凉的玉石竟与储能箱外壳温度相同。

那晚我在储能箱旁给巴图讲债券原理，用蓝莓干排列成光伏阵列。“这些果子就像太阳的铜钱，”我指着投影在蒙古包顶的月影，“风把它们吹进铁树的存钱罐，就能变出冬天的暖炉。”男孩将信将疑地摸触发电机外壳，金属的凉意让他缩回手指，却在看见监控屏上跳动的发电量时瞪大了眼睛——那串绿色数字正随着夜风强弱起伏，如同驯鹿奔跑时晃动的铜铃。

黎明前最暗的时刻，我独自坐在草坡上核对融资方案。晨雾中的风机轮廓渐次清晰，像一群正在饮水的钢铁驯鹿。手机突然震动，王师傅发来风电场实时数据，负荷曲线与我保温杯里奶茶的热气波纹惊人相似。当第一缕阳光刺破云层，光伏板阵列同时泛起粼粼波光，我忽然明白教授的话——金融模型里的蒙特卡洛模拟，不过是给无常的风穿上了概率的袍子。

在返校的高铁上，其木格大妈追着车窗抛来蓝莓酱罐头。玻璃瓶在阳光下泛着紫红光泽，像凝固的极光碎片。我旋开瓶盖的刹那，甜腻香气惊醒了邻座的基金经理，他西服袖扣的反光恰巧投在我的债券方案上，将“风险对冲”四个字镀成金色。“小伙子在做新能源ABS？”他扶了扶玳瑁眼镜，“去年我们在鄂尔多斯搞过光伏REITs，收益率曲线比套马杆还陡。”

深夜的实验室飘着蓝莓酱的余香。我将牧民们的拇指印扫描进风险评估模型，生物识别软件竟将指纹纹路解析成风场的气流图谱。教授盯着全息投影中旋转的3D模型，忽然抓起一把图钉：“知道为什么达斡尔人要在箭杆上缠马尾吗？这和债券的信用增级是一个道理——都是给不确定的命运系上锚点。”

答辩前夜，我在公司大厦天台偶遇集团业务部的老李。他倚着霓虹灯牌吞云吐雾，手机屏幕上的K线图与远处风车的剪影重叠。“瞧见没，”他吐了个烟圈，“草原上的风正穿过陆家嘴的玻璃幕墙。”我突然想起巴图的问题，那些在铜缆中奔流的电子，是否还记得自己曾是掠过驯鹿角的野风？

宣讲会当天，我别着阿玛哈送的鹿角胸针登上讲台。当PPT切换到实时监控画面——娜斯塔霞正用平板电脑给光伏板拍照，安代舞视频的光影在她瞳孔绽放成花——会场突然陷入寂静。某位白发评审摘下眼镜擦拭，镜片上凝结的雾气里，我分明看见四十年前他在西伯利亚架设输电线时，用彩绸包扎冻伤绝缘子的模样。

签约仪式在敖包山下举行。牧民们将股权证书压在祭石下，伊兰嬷嬷绕着风电模型跳起“托力克”舞。鼓点最急时，所有风机突然同步偏航，叶轮划出的弧线与神袍飘带轨迹完全重合。王师傅悄悄告诉我，他在变流器里装了磁感应装置：“总得让山神看得懂现代经文。”

归程时，其木格大妈的孙女追着越野车奔跑。她新得的平板电脑正在播放安代舞教学视频，扬声器漏出的鼓点与风车低鸣共振，在草原上铺陈出跨越时空的复调。我按下车窗，任融资方案的草稿纸随风飘散，那些公式与图表在空中分解重组，最终化作勒勒车辙旁的一串蓝莓浆果。

暮色中的集控室，我望着代表债券发行的绿色信号灯怔忡出神。额尼突然发来视频，光伏板下的蓝莓提前半月红了，玛鲁王正带着新生鹿崽在板阵阴影里纳凉。当第一笔分红打进牧户账户的瞬间，巴特尔大叔的转账提示音是《孤独的白驼羔》的片段——那是王师傅教他设置的手机铃声。

夜深人静时，我独自翻看股权登记簿。牧民们的签名歪扭如风滚草轨迹，却在电子签章系统里化作规整的矢量图形。摸着怀中温热的蓝莓酒囊，忽然明白金融与牧歌本无界限——债券说明书上的条款，何尝不是新时代的游牧路线图？那些跳动的数字，正是钢铁丛林里生长的电子牧草。

“碳纤维表层烧蚀了五毫米，”王师傅降落时脸上还带着电弧灼伤的红痕，“不过主梁没伤到筋骨”。我摸着焦黑的叶片边缘，忽然想起阿玛哈讲的传说：被雷劈中的驯鹿会成为山神的信使。当晚值班室里，王师傅用烧焦的绝缘棒在墙上画图，线条竟与伊兰嬷嬷的雷纹鼓面惊人相似。“知道为什么闪电总追着风机跑吗？”他眼里跳动着奇异的光，“因为钢铁比血肉更懂得呼唤天空”。

立夏前夜，我帮王师傅整理备件库。成箱的螺栓垫片在月光下泛着冷光，像极了鄂温克人撒在祭坛上的银币。他突然翻出个蒙尘的铁盒，里面装满用报废零件改造的工艺品：轴承套做的转经筒、漆包线编的鞍辫，甚至有用硅钢片捶打成的萨满面具。“都是这些年攒的，”他摩挲着面具上的绝缘漆裂纹，“总得给冷冰冰的机器找点人情味。”

我们把这些“废品”布置在检修舱的角落，某天竟发现野蜂在齿轮箱里筑巢。金黄的蜂巢沿着冷却管生长，工蜂在电流声中忙碌，仿佛在给钢铁巨兽注入生命的蜜。王师傅严禁工友清除蜂群，他说这是山神派来的监工。直到秋分那天蜂群突然迁徙，在控制室的玻璃窗上留下鳞翅目昆虫般的翅影，我才明白那些金色的造访者，或许真是来传授某种古老能源密码的。

寒露那天，首台风电机正式并网发电。我站在集控室的大屏前，看着代表功率输出的绿色曲线缓缓爬升，恍惚间竟像看见玛鲁王在春日草原上奔跑的足迹。王师傅的女儿发来视频，小丫头在东方明珠塔底放飞风筝，镜头扫过黄浦江的游轮，某艘船上正亮着我们输送的绿电点亮的霓虹。额尼突然打来电话，说光伏板下的蓝莓提前半月红了，让我摘些泡酒送给王师傅。

深夜，我独自巡视风机。手电光束惊起夜宿的雪鸮，它爪间掉落的鼠尸正巧落在接地极上。钢塔深处传来齿轮的私语，与莫日格勒河的涛声在月光中交融。摸着怀中温热的蓝莓酒囊，我突然明白，这钢铁森林与白桦林同样需要喂养——只不过前者饮的是风，后者醉的是光。

白桦与萨满

呼伦贝尔的七月是稠李子花的季节，整片根河湿地浸泡在乳白色的芬芳里。华能新能源车队的轮胎碾过塔头墩子时，惊飞了正在啄食光伏板反光的花尾榛鸡，斑斓的尾羽在监控镜头里划出生物振动的频率波形。我跟着技术员小刘跳下车，看见鄂伦春猎户古革家的光伏板架在白桦林间隙，远看像群银狍子跪在杜香丛里饮水，板面偶尔闪过松鼠的倒影，如同掠过湖面的云絮。

呼伦贝尔草原上的风机与光伏板

“电子萨满又在诵防火经了。”古革用犴皮靴尖轻踢逆变器外壳，松涛般的嗡鸣惊醒了树洞里的灰貂。他右脸颊留着的黑熊抓伤的疤痕，此刻正随嘴角的抽动扭曲成诡异的笑纹。他腰间别着的桦皮火药筒，与光伏板接线盒的塑料外壳碰撞出清脆的响动，像是两个时代的器物在互打招呼。

我蹲在接地极旁记录数据，突然被裤袋里的震动惊得跳起来——手机彩铃正播放《高高的兴安岭》，这是王师傅去年帮我设置的。屏幕显示此刻哈尔滨中央大街的某座商场，古革的小孙女娜斯塔霞赤着脚跑来，指尖的蓝莓汁在监测仪屏幕按下紫罗兰色指纹：“这个会眨眼的小盒子，吃的是白桦树的梦吗？”

黄昏的技术交流会在搁浅的桦皮船里召开。船身半陷在融化的永冻层中，船舷的鱼皮画被夕阳镀成金箔。当工程师用激光笔解释“峰谷电价”时，猎户们正用鹿骨刀分割烤犴肝，油脂滴在光伏板清洁机器人上，触发自动避障程序的警报。“充满电的箱子够冰几桶蓝莓？”“雷鸟会来铁树上筑巢吗？”年轻猎人阿廖沙甚至掏出祖传的燧发枪，说要试试能不能击中流动的“电子柳蒿芽”。他的枪管上缠着红布条，那是去年猎熊时系上的平安符。

突然袭来的雷暴打断了会议，储能系统自动切换成孤岛运行模式。古革家的智能电表突然发出鄂伦春古歌的旋律——那是他去年录制的防火警示录音，此刻正通过能源物联网播放。老猎人惊得打翻了马奶酒，娜斯塔霞却跟着旋律跳起“斗熊舞”，光伏板阵列的阴影在地面投出群熊搏斗的剪影，与天上翻滚的雷云遥相呼应。

深夜借宿在古革的斜仁柱里，桦树皮墙缝渗进的月光在储能箱上流淌。老猎人忽然掀开炕席，露出20世纪60年代的煤油灯罩，玻璃裂痕里嵌着飞蛾的残翅。“当年追犴达罕（驼鹿）就靠这点萤火，”他黧黑的手指摩挲着智能手环的电子屏，“现在连星星都住进铁盒子了。”窗外风机的红灯在雨幕中明灭，与林间猫头鹰的金色瞳孔遥相辉映，仿佛山神与科技在隔空对望。

暴雨引发山洪那夜，我跟着猎户队抢救光伏设备。阿廖沙的燧发枪在潮湿中哑火，激光测距仪的红点却精准锁定了滑坡体的位置。当无人机投下的防洪沙袋垒成现代敖包时，古革正在将祭山神的鹿心血抹在储能柜密码锁上：“白那查山神认得所有生命的血，不管是铁是肉。”他的猎刀在应急灯下泛着冷光，刀柄上缠绕的熊筋与电缆的绝缘胶皮在雨水里同样黝黑发亮。

次日清晨，我在光伏板下发现了奇景：夜雨冲刷出的沟壑中，竟有群蚂蚁沿着电缆支架排成长队。它们搬运着蓝莓碎屑和晶硅碎片，在钢构架上筑起微型巢穴。古革说这是吉兆，山神派来的“铁蚂蚁”在修补人类造物的裂隙。小刘却紧张地检查接地装置，生怕虫蛀引发短路。我们各执一词的争执声惊动了娜斯塔霞，她将蜂蜜涂抹在钢架上，说这样蚂蚁就会把甜蜜储存在铁树里。

午后检修时，我发现阿廖沙偷偷在变压器外壳刻下熊爪纹。这个曾用燧发枪瞄准光伏板的青年，此刻正用最原始的符号与现代机器对话。“等通了电，”他摸着新买的智能手机，“我要给每头熊都拍张照片存在云里。”夕阳将他的影子拉长投在草甸上，与远处风车的剪影交织成神秘的图腾。

某日巡检测试，娜斯塔霞非要跟着进升压站。她穿着额尼缝的松鼠皮马甲，在高压设备间蹦跳如林间小兽。她看到绝缘子上的晨露时，竟解下彩绳编起“太阳祭”，说是要给电子萨满做新衣裳。我们谁也没敢动那个用电缆皮和蓝莓枝编成的法器，任它挂在35千伏母线上随风飘摇。直到某天雷击试验，监控显示电流经过时祭器突然发光，虽然后来证明是绝缘子放电现象，但古革坚持说那是山神显灵。

深秋撤离前夜，我陪古革巡视光伏阵列。月光将板面镀成银镜，倒映着迁徙的雁阵。老猎人忽然掏出口弦琴，吹奏起《召鹿曲》。不可思议的事情发生了——储能系统的风扇竟随着旋律调整转速，低频振动在草海中荡起波纹。我们跟着声波的方向走去，竟在五里外的白桦林发现走失的鹿群。后来工程师分析是次声波引发动物共振，但古革始终相信，那是电子萨满与山神的琴弦产生了和鸣。

临别时，娜斯塔霞塞给我个桦皮盒，里面装着她在光伏板下收集的“太阳泪”——实则是冷凝水结晶的盐粒。我将其混入债券项目的风险评估模型，那些棱形晶体在显微镜下呈现的风电场轮廓，竟与卫星云图上的气旋轨迹惊人相似。额尼打电话说，古革开始用智能手机记录驯鹿产仔数据，只是每份电子档案的备注栏里，都画着个戴安全帽的山神画像。

初雪降临那天，我站在公司大厦的落地窗前，看着都市霓虹在玻璃上流淌。手机突然震动，巴特尔发来视频：娜斯塔霞穿着工装裤在光伏板阵列前跳“鲁日格勒”，她手中的监测仪屏幕正显示着实时发电量。那些跃动的绿色数字，多像当年在林间追逐的萤火虫。我把这个画面设为电脑桌面，每当K线图波动剧烈时，就想起古革的话：股市的风暴再大，也刮不倒白桦林里的电子萨满。

松香与K线

满洲里的初雪落在套娃广场的金顶上，松香与列巴的焦香在零下三十摄氏度的空气里凝成琥珀色的雾。我别着鄂温克鹿角胸针走进能源峰会大厅，西装内袋的驯鹿皮钱包里，还藏着娜斯塔霞送的蓝莓干。当侍应生递来镶金边的议程册时，我恍惚看见扉页上王师傅用红柳枝写在沙地上的债券计算公式——那些被春风抹去的数字，此刻正在水晶吊灯下复活成烫金字。

俄式拱窗将西伯利亚的寒光切割成菱形光斑，新能源债券的K线投影在俄罗斯族彩绘玻璃上，竟与萨满鼓面的火焰纹样惊人重合。那些波峰波谷的曲线，多像莫日格勒河在卫星云图上的蜿蜒，而此刻我皮鞋踩过的波斯地毯纹路，正与千里之外光伏矩阵的排布暗合。答辩环节提到林光互补时，我把数据裹进鄂伦春谚语："独木舟载不动整条河，但万朵百合能染香整座山。"话音未落，台下某位白发评审突然起身，西装内袋露出的彩绸流苏与鄂温克神袍的装饰如出一辙。

茶歇时，这位俄裔老者拦住我，呢绒大衣上松针形状的银扣擦过我的手背。"四十年了，"他摘下玳瑁眼镜，瞳孔里映着圣彼得堡的雪，"在西伯利亚架设输电线时，我也用这样的彩绸包扎冻伤的绝缘子。"他的怀表链子上拴着枚变形的螺栓，说是当年贝加尔湖畔风机的遗物。我们站在落地窗前，看满洲里口岸的跨境输电线在暮色中亮起，他说这景象让他想起年轻时在涅瓦河上看见的舰队桅杆。

某私募基金的张总晃着香槟杯靠近，鳄鱼皮鞋尖沾着从额尔古纳河带来的晶盐。"我们的风投基金就像迁徙的黄羊群，"他指着大屏上的资金流向图，"总得追着水草丰美的概念跑。"气泡升腾的轨迹与碳汇交易的折线图重叠，我突然看清那些数字游戏的本质——不过是给无形的风标上了价签。

深夜修改方案时，额尔古纳河的月光与风电数据在屏幕上共舞。触控板残留的松脂粘住指尖，让我想起古革家斜仁柱里的树脂油灯。视频突然接入巴特尔的牧场，夜视镜头里光伏板下的羊群泛着幽绿光晕，像飘浮的幽灵。"告诉你个新鲜事，"老牧人神秘兮兮地凑近镜头，"在铁树影子下生的羊羔，眼睛比北斗星还亮。"他背后的智能电表正跳动着草原的脉搏，那些数字的起伏与我电脑上的债券收益率曲线同步共振。

峰会第三日，我在展厅撞见惊人的一幕：某科技公司把微型风机装在驯鹿模型背上，说是“移动式清洁能源解决方案”。玛鲁王的铜铃被换成蓝牙传感器，鹿角缠满光伏薄膜，在射灯下闪着塑料的廉价光泽。

宣讲会当天，我将鹿角胸针别在麦克风架上。当大屏切换到实时监控画面——娜斯塔霞正用平板电脑给光伏板拍照，安代舞视频的光影在她瞳孔绽放成花——会场突然陷入寂静。白发评审摘下眼镜擦拭，镜片上凝结的雾气里，我分明看见四十年前他在西伯利亚的暴风雪中，用体温融化冻住的绝缘子。他的掌声惊醒了打瞌睡的翻译，同声传译耳机里传出十几种语言的赞叹，在穹顶下交织成现代巴别塔。

签约仪式后的晚宴上，我溜到天台透气。霓虹灯海在国境线两侧铺展，中俄蒙三国的电网在暗夜中脉动。老李倚着冷却塔吞云吐雾，手机屏幕上的动力煤期货走势，与远处口岸的货运列车灯光同样明灭不定。“知道为什么草原的风值钱吗？”他弹落烟灰，星火坠向三十层楼下的雪堆，“因为资本市场上最稀缺的，就是吹散雾霾的干净东西。像我们这般的金融从业者，不多咯”。

突然响起的手机铃声截断话头，是额尼发来的视频通话。她背后的光伏板阵列正在月光下投出巨大的蒙文“福”字，玛鲁王带着新生鹿崽在光斑间散步。“债券的‘券’字怎么写？”老人突然发问，我随手在结霜的栏杆上划出汉字，她却摇头：“在我们鄂温克传说里，最早的字都刻在驯鹿角上。”视频突然晃动，原来她在用电磁炉煮鹿奶茶——那簇蓝色的火苗，恰是十年前王师傅装的第一批光伏板转化的阳光。

离场时，我站在酒店旋转门前，看礼宾员将车开往不同方向，尾灯的红流汇入跨境输电线的璀璨银河。计程车司机听说我去火车站，特意播放《敖鲁古雅小调》，当旋律进行到鹿铃段落时，远处的华能风电场突然集体调向，叶轮切割寒风的节奏与民歌的拍子严丝合缝。

归程的绿皮火车摇晃着穿过雪原，我在上铺翻看峰会纪念册。某页夹着张匿名纸条，俄文写就的诗句被谷歌翻译得支离破碎：“钢铁驯鹿的倒影，终将淹没贝加尔湖的月光。”窗外忽现查干淖尔盐湖，风车群在冰面上投下枝形幻影，恍如诸神遗落的冠冕。我摸出娜斯塔霞送的蓝莓干含在口中，甜涩滋味里突然品出金融的本质——不过是将自然的馈赠，酿成可供分割的甜蜜。

深夜，邻铺传来债券经纪人的梦呓：“做空……套保……”他怀里的笔记本电脑闪着幽光，屏幕上的交易走势图像极了萨满占卜时撒落的兽骨图案。我悄悄将古革送的熊爪护符压在他的电源线上，金属与树脂接触的瞬间，火花在黑暗里绽成微小的鄂温克火祭。

晨光中抵达海拉尔站，月台上挤满扛着光伏板的牧民。巴特尔大叔的孙子巴图突然钻出人群，他背着书包，里面装着要送给王师傅的“礼物”——用报废硅片拼成的萨满面具。当我们转乘的工程车驶过风电场时，朝阳正将叶轮的影子投在雪地上，巨大的阴影齿轮缓缓转动，啮合着草原的晨昏与都市的钟点。巴图突然指着手机惊呼：他昨晚在牧区买的绿色债券，此刻正在国际市场上飘红。

回到营地，王师傅正用万用表测试新到的储能设备。他工装裤膝盖的补丁换成了光伏薄膜，阳光下闪着虹彩。“无论收益曲线多陡、鹿皮钱包多厚，”他敲着电池外壳，“最后还得靠这些铁疙瘩兜底”。我们相视大笑，笑声惊起光伏板下的雪鹀，鸟群飞向风车的剪影，在晨空里写下一串流动的注音符号。

傍晚验收新型逆变器时，我意外地发现控制板背面刻着细小的桦树纹路。技术员说这是防伪标识，我却想起伊兰嬷嬷在祭器上刻的雷纹。设备启动的瞬间，蜂鸣器发出类似口弦琴的颤音，惊得玛鲁王仰头长啸。古革打来视频，说他正在教娜斯塔霞用区块链记录驯鹿基因，老人背后的电子屏上，鄂温克神歌的波形图正与债券波动曲线翩翩共舞。

夜深人静时，我独自登上瞭望塔。中、俄、蒙三国的灯火在边境线上流淌，风电场的航空障碍灯是其中最恒定的星群。摸着胸前的鹿角胸针，我突然明白金融与牧歌原是同一种语言——都在讲述人类与自然的契约，只不过前者用数字加密，后者以血脉传承。寒夜最深处传来狼嚎，我对着手呵气，白雾在空中绘出的形状，与昨日债券协议上的签名惊人相似。

冰晶与氢舞

敖鲁古雅的寒冬是凝固的史诗，零下四十五摄氏度的空气里，连呼出的白雾都会瞬间凝成冰晶。华能氢能车队的防滑链碾过冰河，在冻土上刻出蛛网般的裂痕，像天神用银簪划破的黑绸。我蜷缩在工程车的副驾座上，看着仪表盘的温度计数字不断下跳，恍惚间竟想起七岁那年，额尼教我辨认雪地上狐狸足迹的清晨。那时她握着我的手指在雪面描画："看这梅花印，是山神在给风梳辫子。"此刻挡风玻璃上的冰花正以同样的韵律生长，将远处的输氢管道幻化成银色的发辫。

鄂温克姑娘娜拉裹着貂皮工装钻进驾驶室，防寒面罩上的冰霜随呼吸明灭，在晨光里闪成细碎的星子。"电解槽预热要三小时，"她摘下手套调试平板电脑，指尖残留的鹿油在屏幕上划出黏连的轨迹，"比驯鹿产羔还费时辰"。说话间，她工装袖口露出的银镯擦过温度传感器，镯上錾刻的驯鹿花纹与管道波纹管的螺纹相似。车窗外，蜿蜒的输氢管道披着雾凇铠甲，保温层反射的虹彩让我想起玛鲁王冬日霜甲上的冰晶。

古革老人踏着没膝的积雪出现时，我们正在为储氢罐的低温密封发愁。他怀中紧抱的桦皮桶泛着琥珀光泽，十八层树皮嵌套的容器曾装过三代萨满的祭酒，此刻却在液氮白雾中渗出神秘的笑意。"用这个装雷神的哈气，"老人黧黑的脸膛映着电焊弧光，疤痕在蓝焰中扭曲成闪电纹，"保准比不锈钢听话"。我们将信将疑地做了对比实验，桦皮容器的压力曲线竟比金属罐平稳——三天后发现是树脂涂层里的耐寒菌群，在极低温下形成了天然分子筛。娜拉在实验日志上画了幅山神画像，批注写道："恩都力（自然神）在帮我们驯服闪电。"

暴雪封山那夜，狂风撕扯着移动式制氢站的复合板房，仿佛万千白狼在啃噬钢架。娜拉突然解下鹿筋琴弦，将其缠绕在压力表指针上。随着氢泵的震动，琴弦竟发出《山神之歌》的旋律，与风机的低鸣在狭小空间里交织成安魂曲。“小时候阿爸就这样预测暴风雪，”她的瞳孔映着跳动的数据屏，“琴弦越紧，灾难越近”。凌晨抢修泄漏的阀门时，我的扳手突然冻在管道上。娜拉掏出银酒壶浇下烈酒，蓝焰腾起的刹那，恍惚看见多年前王师傅用蓝莓酒助燃篝火的场景。酒精燃尽后，阀门的密封圈竟意外恢复了弹性——古革说这是火神与冰神的交易，代价是我们献祭的半壶鹿血酒。

验收日恰逢瑟宾节，猎户们在输氢管道系满彩色绸带。娜拉换上天蓝色工装，在雪地上跳起“依哈嫩”祭舞。风机群随她的旋转同步偏航，叶片的阴影在地上绘出巨大的萨满鼓面纹。当液氢槽车启动的瞬间，极光突然撕裂天幕，绿色光带与储氢罐的金属反光交相辉映，将监控屏幕上的分子式染成神话色谱。德国工程师汉斯举着激光测距仪发呆，金丝眼镜结满冰花：“这不符合大气光学原理……”古革往他手心塞了块蓝莓冻：“在鄂温克的地界，连光都得按山神的曲谱跳舞。”冰层断裂的轰鸣中，玛鲁王带着鹿群横穿测试场，蹄印里的积雪在超导电缆的感应热下融化，恰好拼出鄂温克语的“祝福”。

庆功宴在斜仁柱举行，伊兰用氢燃料电池煮奶茶。电解水产生的氧气泡在铜锅里欢腾，娜拉说这是“把风的呼吸煮进茶汤”。古革醉醺醺地举起桦皮桶：“来尝尝液态的雷声！”众人哄笑中，运输警报突然鸣响——首车液氢正被送往冬奥村，GPS定位显示它将在立春时刻穿越黄河。深夜巡视储氢站时，月光在保温层镀出鳞状光斑，恍如巨蟒换下的旧皮。娜拉的歌声通过对讲机传来，与氢泵的震动频率完美共振。我们相隔百米望着同一片星空，直到晨雾中的输氢管道泛起珍珠母光泽，像山神遗落的白发。

撤离前夜，娜斯塔霞在光伏板下埋了个桦皮盒。里面装着液氢结霜时收集的冰晶，还有张用导电墨水画的驯鹿。“等春天来了，”女孩的睫毛挂着霜，“这些电子雪花会开出铁树花”。我偷偷在盒底垫了张绿色债券，权当给未来文明的入场券。车队驶离时，玛鲁王突然带领鹿群拦住去路，它们角上绑着光伏薄膜剪成的蝴蝶，在阳光下闪成蓝紫星云。娜拉按下车窗吹响鹿哨，风机群应声调向，叶片剪影在地上拼出古老的迁徙路线图。后视镜里，古革用智能手机拍摄这一幕，他的身影最终与白桦林融为一体，成为敖鲁古雅永恒的坐标。

极光再次降临那晚，我在海拉尔的公寓收到娜拉的信息。视频里，输氢管道成了萨满新学徒的“光之路”，少男少女们戴着3D打印的鹿角头饰，在液氢的白雾中跳现代安代舞。玛鲁王衰老的身影出现在镜头边缘，它角上的铜铃换了太阳能闪光器，每声叮当都触发远处风机的桨距微调。当镜头转向星空时，我忽然看清那些闪烁的航空障碍灯——它们连成的图案，正是七岁那年在雪地上学过的狐狸足迹。额尼的声音突然在记忆里复活：“你看，山神又在给风梳辫子了。”

千灯与夜明

额尔古纳河封冻的冰面下传来隐秘的涛声，除夕的暮色浸透了呼伦贝尔草原。我站在华能风电场集控室的落地窗前，看到九十九台风机顶端的航空障碍灯渐次亮起，恍如天神在夜幕上钉入的银钉。监控大屏上的能流图谱正将整片草原的呼吸编织成光的神经网络，忽明忽暗的绿色光流中，我分明看见莫日格勒河的支流、驯鹿迁徙的蹄印，以及当年埋下蓝莓酱罐头的经纬坐标。

额吉的视频请求突然弹出来时，我正在给绝缘子除霜。屏幕里的她裹着新买的鄂温克纹样围巾，背后是改造过的智能蒙古包：电动转经筒在电磁炉的白噪声里旋转，铜火锅腾起的奶白雾气中，悬浮着光伏板折射的虹彩。“给你看看咱家的新灶具，”老人擦着镜头上的水汽，青筋盘结的手指划过触控面板，“用你王叔给的风电积分换的，可比牛粪火文雅多啦。”火锅里翻涌的鹿肉卷忽沉忽浮，像极了当年困在光伏阵列的羊群。

零点钟声敲响时，整片风电场启动拜年模式。我裹紧工装冲出基站，零下四十摄氏度的寒风立刻在睫毛上结出冰花。九十九盏航空灯在雪原上明灭流转，与鄂温克鹿苑的千盏冰灯隔着五十里草场遥相呼应。

东南方的光伏矩阵正将月光拧成电流，沿着我参与设计的输氢管道，涌入某个亮着团圆灯的桦皮船屋。玛鲁王的铜铃声突然在耳机里响起——是娜拉发来的实时监控，衰老的头鹿正带着新生鹿崽穿越光斑织就的电网，每步蹄印都触发红外传感器的温柔闪烁。

钢塔深处传来齿轮的密语，与二十年前王师傅铁盒里的动静遥相唱和。突然有沙狐的叫声破风而来，这草原上的老住客蹲在储能箱旁，金瞳倒映着液晶屏的蓝光。我摸出备勤用的蓝莓干撒过去，它却衔起一颗奔向风车阴影，那里有群蚂蚁正搬运着晶硅碎屑，在接地极旁筑起发光的巢穴。

回到集控室，发现王师傅正猫腰调试备用机组。他后颈的火神纹身已褪成青灰，安全帽下钻出的白发与工装上的冰晶同样耀眼。“瞧瞧这个，”他扔来个锈迹斑斑的铁盒，里面装满用报废零件做的生肖摆件，“给今年出生的鹿崽子们备的满月礼”。我拈起合金铸的小马，蹄部竟刻着债券代码——正是当年牧民们入股的首批绿色债券编号。

凌晨巡视时，北斗七星恰好悬挂在40号风机的顶端。钢梯上若隐若现的冰层映着星光，踩上去会发出风铃般的脆响。九十米高处的机舱里，液晶屏显示着此刻上海的用电峰值，那些跃动的数字让我想起娜斯塔霞在平板电脑上画下的电子萨满。变桨系统突然启动，齿轮箱的低吟与记忆中的鹿皮鼓声共振，震得怀里的测温仪嗡嗡作响。透过结霜的观察窗，看见自己呼出的白雾与十年前那个暮春黄昏的重叠——那时王师傅的工装袖口还沾着黄油，而我以为千瓦时是某种神秘的咒语。

归途中撞见值夜的巴特尔大叔，他正用手机给孙子直播风机阵列。“这叫钢铁敖包，”老人的镜头扫过防雷接地网，“里面住着会发电的山神”。视频那头的小男孩突然指着屏幕惊呼，原来有只雪鸮正蹲在光伏板边缘梳理羽毛，它的影子恰好投在逆变器外壳的二维码上。当我们凑近查看时，夜视监控竟捕捉到一组异常数据波动——后来分析是鸟类静电引发的信号噪点，但巴特尔却坚持说那是山神在扫码查岗。

破晓时分，我蜷在值班室的折叠床上补觉。半梦半醒间，听见王师傅用蒙古语给上海的女儿打电话：“对，就和草原上的风一样，按下开关就能送到你家……”他的声音渐渐与风机低鸣融为一体。额吉寄来的鹿皮褥子还留着火塘的气息，恍惚又回到那个白毛风呼啸的冬夜，铁盒里的微型齿轮在火光中投下流苏般的影子。

日上三竿时被庆典的鼓点惊醒。牧民们驾着套光伏板的勒勒车涌向风电场，马头琴的银弦连着蓝牙音箱，奏出混音的《额尔古纳河》。娜拉穿着工装跳改良的“鲁日格勒”，机械外骨骼在雪地上划出精准的弧线。古革老人展示新纹身——用导电油墨刺的电路图，说是能通灵的现代图腾。最惊喜的是娜斯塔霞，她牵来的小驯鹿角上缠着光纤彩带，每走一步都触发沿途风机的欢迎灯语。

黄昏的祭火仪式上，伊兰嬷嬷将液氢注入青铜火盆。幽蓝的火焰腾空而起，与风车的剪影在暮色中跳起双人舞。我们围成圈传递智能哈达，织物里的柔性光伏薄膜随着体温微微发热。当玛鲁王缓步穿过人群，它衰老的铜铃突然奏响《欢乐颂》——藏在鬃毛里的微型感应器正接收风电场的电磁波。

深夜的饯行宴持续到月落时分。王师傅醉醺醺地往我背包塞了桦皮筒，里面是他毕生的检修笔记，扉页用齿轮油画着我们的首台风车。回城的飞机掠过光伏矩阵时，我看见千万块板面正将月光反射成银河，那些银色的光斑连起来，恰是七岁那年我在雪地上学画的狐狸足迹。娜拉最后发来的信息还在手机里闪烁：她给每台风机都取了驯鹿名字，并教会了语音控制系统用鄂温克语应答。

此刻机舱外的星空与二十年前别无二致，但我知道有些东西永远改变了。怀中的铁盒突然震动，是债券到账的提示——牧民们的年度分红已转入云端钱包，巴特尔大叔的转账备注写着：“给小崽子买会唱歌的铁树。”舷窗倒影里，我的面容与当年初遇风车的少年重叠，只是眼中多了钢铁与草木共生的星河。■

呼和浩特

呼和浩特市作为内蒙古自治区首府，地处呼包鄂“能源金三角”核心区，煤炭资源储量丰富。其能源产业以火电为核心，支撑着华北地区电力供应与民生供热，同时正加速向绿色低碳转型。

华能北方公司（内蒙古自治区最大的发电供热企业之一）是按照现代企业制度组建的股权多元的综合性能源企业，有力地推动着内蒙古自治区现代能源经济建设。

"我们因负责华能北方公司类REITs业务，多次前往呼和浩特开展工作，助力北方公司运用权益融资工具盘活存量火电资产，支持新能源项目投资建设。"

——李至一　谢闻姝

李至一，毕业于厦门大学。曾就职于毕马威、兴业证券、天风证券。2019 年加入华能贵诚信托有限公司，运用资产证券化、服务信托等金融工具，服务华能集团金融需求。参与产融业务落地规模超 830 亿元，2023 年荣获第九届资产证券化与债券 · 介甫奖“ABS 年度杰出贡献奖”。现任集团业务部信托经理。

谢闻姝，毕业于美国康奈尔大学。2021 年加入华能贵诚信托有限公司，现任集团业务部信托经理。

敕勒川畔百年灯

引子

天地辽阔，长风起处，光明的足迹沿着时间的脉络延展。敕勒川上的草原苍茫无际，千年游牧的驼铃仍在风中回响。而在这片广袤的土地上，还有另一条不曾断绝的脉流——能源。它隐匿在地下，沉睡于远古的煤层之中，又化作风、化作光，流淌于无形的电网之上，点亮万家灯火，托举城市与时代。

百年前，呼和浩特的夜晚尚未被电光点亮，油灯的微光在黄土墙间摇曳，炊烟袅袅升起，与深邃的星空相接。1922年，第一座电厂建立，如一颗星火，在北疆的黑夜中微微闪烁。此后百年，它几度熄灭，又几度复燃，在战火的硝烟里蒙尘，在改革的浪潮中翻腾。曾经的蒸汽机轮轰鸣着催动电流，如今的风电叶片在长空下旋转不息。历史的车轮从未停歇，而光明的脚步，也从未停止。

第一章　北纬40度

高铁票根上的G2457次列车闪着微光，这趟清晨七点从北京北站起程的列车，将带我穿越燕山褶皱，沿着北纬40度线，去往敕勒川畔。北纬40度的弧线穿过了紫禁城的红墙黄瓦，也掠过敕勒川的碧草白云，将两种截然不同的风物编织成同一卷流动的图景。

晨光初绽时，列车如银龙出渊，载着京华烟火起程。当钢铁长龙掠过居庸关隘口时，官厅水库的粼粼波光与华能怀来风电场的白色巨翼交相辉映。官厅水库，这座始建于20世纪50年代的水库，不仅是京西重要的水源地，更是新中国早期水力发电的见证。水库旁的华能怀来风电场，风机叶片在风中缓缓旋转，仿佛在向过往的列车挥手致意。这里是清洁能源与自然景观的完美融合，也是北纬40度线上的一道独特风景。

列车继续向西行进，张家口与乌兰察布的草原景观逐渐铺展，质地也陡然变得粗粝。乌兰察布段的山群若隐若现，与天际线连绵的远山共同勾勒出壮阔的北国风光。乌兰察布，这片广袤的草原，风能、太阳能资源丰富。近年来，随着新能源产业的快速发展，乌兰察布已成为中国北方重要的清洁能源输出地。列车穿行在草原上，窗外的风机群在蓝天白云下旋转，仿佛在诉说着这片土地的变迁与希望。

邻近卓资山时，天地陡然开阔，晨雾中的辉腾锡勒草原宛如泼墨长卷，牧群在蓝玻璃般透亮的天际线下游弋，蒙古包顶的铜铸苏鲁锭在朝阳中泛起金光。列车广播适时响起马头琴版的《鸿雁》，悠长琴音穿透双层玻璃，与窗外掠过的大青山岩画产生奇妙共振——那些镌刻着匈奴鹿纹与鲜卑狩猎图的古老岩壁，正默默注视着钢铁时代的能源动脉如何沿着北纬40度线重新编织草原的脉搏。

列车缓慢驶入呼和浩特东站，这座被蒙古语称作“青城”的塞外古都正舒展筋骨。远处大青山南麓的昭君墓青冢悠悠，两千年胡汉和亲的

华能怀来风电场

佳话守护着这片“天似穹庐，笼盖四野”的敕勒川。穿城而过的扎达盖河倒映着古今交错的光影，河北岸伊斯兰风格的清真大寺唤礼塔，与旧城北门遗址斑驳的明代城墙砖缝里的野苜蓿，遥相呼应，共生共荣。

列车最终停靠月台，文旅广告屏正循环展映《哈素海生态修复纪实》。镜头里，这座黄河故道上的明珠湖泊芦苇摇曳，环湖光伏廊道的湛蓝矩阵与迁徙候鸟的雪白羽翼相映成趣。我们拖着拉杆箱踏上站台，忽见穹顶透光玻璃将朝阳折射成七彩光瀑，恰似为这座“草原上的能源明珠”加冕了一顶璀璨的北疆王冠。

第二章　邂逅北方

初夏的呼和浩特在草原的呼吸中苏醒，金箔般的阳光泼洒在天地之间，云絮如游牧的羊群掠过城市天际，昼夜交替时骤起10摄氏度温差，将这座边城的夏意酿成清冽的塞外醇醪。循着锡林郭勒南路前行，华能北方公司以未来主义的姿态闯入视线——灰蓝玻璃幕墙切割出冷峻的几何棱线，接驳着草原与工业文明。二十载春秋流转，这家曾随内蒙古电力体制改革浪潮起航的企业，在时代电网中完成了从支流到干道的嬗变。当蒙元长调撞上涡轮轰鸣，当羊皮卷地图叠印现代能源版图，北方公司在华能集团的星河里淬炼成最耀眼的北天罡星。从单薄到丰盈的成长轨迹里，既镌刻着缔造辉煌的勋章，也沉淀着穿越风雨的冰裂纹理。目前，北方公司正加快绿色低碳转型的步伐，持续加大新能源项目的投资强度，积极探索权益属性强、综合成本优、可操作性强的权益融资工具。我们贵诚信托本次行程的目的——参与开展类REITs项目，正是其中一次重要的产融实践。

“历经二十余年发展，公司装机规模从成立之初的523.6千瓦增长到目前的2263.14万千瓦，发电量连续两年超过千亿千瓦，煤炭产业从无到有，年产量突破3000万吨。”北方公司领导热情地向我们介绍。财务部同事紧接着补充道：“自2004年组建以来，北方公司在内蒙古土地上建起一座座电厂，自治区8个主要盟市和重点旗县1.72亿平方米的供热用户，都感受着我们送出的温暖。”

北方公司作为此次项目的关键主体，以雄浑之力托举使命，以灼灼匠心熔铸担当。交流时，我们深切地感受到，北方公司团队仿若一部行走的能源百科全书，对自家业务的理解深入骨髓，经验沉淀深厚。面对金融新领域，这支由党员技术骨干牵头的攻坚队伍，保持着初学者的谦虚心态，满溢着探索的热忱，积极接纳新事物，毫无半分迟疑。项目研讨会上，思维的火花激烈碰撞，大家围绕项目结构优化各抒己见，税务筹划、交易结构设计、优质资产遴选等难题被逐一拆解。北方公司财资部的同事们雷厉风行，携手体系内外部机构，迅速勾勒出一系列务实可行的方案。各方一番权衡后，最终选定呼和浩特热电厂（科林热电）机组，作为本项目的底层资产，恰为这盘复杂棋局落定了关键一子。

第三章　百年炉火

我们周末返回北京，经过简单休整后，再度踏上征程，去实地尽调呼和浩特热电厂。访谈间，我们沿着岁月脉络，逐步拼凑起呼和浩特热电厂从初兴到变迁的完整画卷。

呼和浩特热电厂这个承载着红色基因的百年老厂，至今已走过100多年历程，历史可以追溯到1919年。其发展轨迹与党领导下的能源事业同频共振，从军阀混战时期的民族资本星火，到社会主义建设时期的"光明使者"，直至新时代绿色转型标杆。因几代人的不懈努力，它始终坚韧不拔，勇往直前。照片中，"呼和浩特发电厂"七个斑驳的鎏金大字依旧镇守于老厂区的厂门之上，与身后褪作赭褐色的砖砌厂房相映

呼和浩特发电厂老厂区

成章，俨然是半卷摊开的工业史诗，每道砖缝里都嵌着未冷却的能源记忆，诉说着那段历史的厚重。

1919—1949年　光明初绽

1919年的归绥城浸染在驼铃摇碎的秋色里，津门商贾沈文炳与塞外乡绅的商海博弈，终在历史长卷中落下墨痕。塞外商号大盛魁接过权柄，承办绥远电灯股份有限公司，于1922年在大南街点亮塞北第一盏电灯。这微光照耀的岁月里，1937年日军铁蹄骤至，明灯蒙尘，光明陷落于漫漫长夜。直至1949年曙光破晓，归绥解放，发电厂和归绥地区的电力事业重新回到了人民的怀抱。

1950—1999年　热血浇筑

1954年，电厂易名呼和浩特发电厂，凤凰涅槃，书写新章。1972年扩建2×2.5万千瓦机组完成并网发电。1986年对四台发电机组进行供热改造，温暖叩开千家万户，青城百姓在严冬里摘下厚重棉帽，舒展笑颜。1993年新建2×5万千瓦发电供热机组，再添双翼。

2000年至今　涅槃新生

2004年10月，由科林热电公司与内蒙古丰泰发电有限公司整合而成的呼和浩特热电厂，熔铸成呼市电力与热力中枢。2010年融入华能血脉，在能源版图上镌刻央企担当。次年，本项目的主角——两台35万千瓦超临界机组投运。百年沧桑化作控制室跳动的数据流，老厂房的砖瓦铭刻着草原工业文明的年轮。这座承载着北疆百年光明的电厂既是蒸汽时代的活化石，更是新时代清洁能源交响曲的古老琴弦，在敕勒川畔续写着永不落幕的史诗。

听着电厂的百年传奇记忆，我们步入热电厂厂区。踏入大门，秩序井然的工业美学扑面而来，取代了预想中的黑雾喧嚣。映入眼帘的是规整有序的厂房，钢铁方阵以精准的几何韵律展开，银灰色烟囱高耸云霄，顶端偶有游丝般的白霭水汽升腾萦绕，诉说着这里能源转换的进程。阳光在钛合金幕墙上流淌成液态金属，那些切割天光的折角与弧线，恰似解构主义建筑师遗落的立体诗篇。数字化大屏上跳动的能效曲线，与墙面的党史大事记展板形成时空对话——从1921年嘉兴南湖的星火，到1949年光明事业全面收归国有，再到新时代能源革命新征程，每个重要节点都在厂房廊柱投射的暖色光晕里获得具象诠释。

跟随工作人员的指引，我们来到了主控室。这里是热电厂的大脑，整面墙的液晶矩阵正流淌着数字的溪流，压力、温度等上百项参数指标在其中奔涌不息。工作人员正在全神贯注地监控着设备的运行状态，他们熟练地操作着鼠标，指尖在键盘上翻飞如蝶，专注地核对各机组运行曲线，确保机组安全正常运行。

穿过隔音门时，工作人员突然停步："准备好了吗?"话音未落，震耳欲聋的轰鸣声裹挟着热浪袭来。发电机组高速运转，犹如万匹钢铁骏马嘶鸣，每处螺栓震颤的节奏都暗合着地心搏动，仿佛是一首激昂的工业交响曲。"目前我们两台350兆瓦机组利用小时为5800小时，供热面积超过2500万平方米"，工作人员解释道。眼前的工作人员身着统一的工作服，安全帽的荧光条闪烁如星，在各自的岗位上忙碌而专注，沿着管廊编织着无形的能量网络。穿云裂石般的轰鸣声充斥着整个空间，让人不禁感叹工业文明的伟大力量。而巨大的锅炉像一座钢铁城堡，为汽轮机提供源源不断的动力。

屏幕上锅炉燃烧室内跃动的火焰，恍惚间与建厂之初煤油灯的微光时空重叠，这座钢铁城堡吞吐的已不仅是物理意义上的电能与热能，更熔铸着中国工业从跟跑到领跑的精神伟力。与电厂老职工促膝长谈时，历史的画卷在我眼前徐徐展开。建厂之初，技术壁垒如嶙峋山峦横亘眼前，资金短缺似无垠荒漠蔓延脚下。可老一辈建设者们，却以信念为犁铧，在贫瘠中开垦希望——他们用结满硬茧的双手丈量荒原，将滚烫的汗珠浇筑成钢筋铁骨，将朴素的智慧熔铸为机械脉络。他们怀揣着对能源事业矢志不渝的执着，凭借着坚韧不拔的毅力，无畏地迎难而上。

当我们跟随运行人员穿梭于轰鸣的机组间，发现这种精神，于日常生产中化作严谨务实的工作态度，每一次设备巡检、每一项操作流程，都不容半点马虎，也彰显于代际传承中的责任担当。电厂工作人员认真负责，对热电厂机组的熟悉程度令人惊叹。“设备会老，但标准永不褪色。”电厂员工的这句话，道出了电厂的灵魂。热电厂悠悠走过百年，大量早期资料与宝贵经验，都沉淀在退休老员工群体里，他们宛如一部部“活档案”。在我们开展尽调工作时，碰上那些时间久远的棘手问题，退休老员工们往往能给出最清晰的答案。他们不仅随时为我们耐心解答问题，还凭借深厚的专业功底，提出极具价值的建议。这种精神传承，恰似窖藏的美酒，在岁月的流转中越发香醇，在新时代的浪潮里熠熠生辉，从未因时光的磨砺而黯淡，反而在一代又一代的接力中，绽放出更为耀眼的光彩。

呼和浩特热电厂这座百年的能源丰碑，矗立在苍茫的北疆大地上。乌兰察布的露天矿脉与鄂尔多斯的煤层，在机器轰鸣中化作绵延不绝的乌金河流，又经过锅炉的涅槃重生，化作温暖万家的能量。它在煤与火的淬炼中诠释着永恒的生命力——因大地馈赠而强健，因民生需求而茁壮，因技术创新而年轻，更因无数双手传递的热量，让百年光阴凝结成照亮北疆的星辰。数字化屏幕前跃动的年轻目光，与泛黄图纸上凝结的岁月笔触产生共振，这座北疆能源灯塔正以独特的语言诉说：火与热的记忆永不冷却，电与光的传承永远滚烫。此刻我仿佛看见，1919年老归绥点亮的第一盏电灯，正穿越百年风雨，沿着时光长河奔涌而来，在蒙西高原的夜幕中铺展成璀璨的光年轨迹，为新时代的能源征程标定永恒坐标。

第四章　破局奇缘

命运长河中，那些看似偏离航线的意外坐标，实则是命运预设的导航点，等待有备者以专业为罗盘，将无常转化为破局的密钥。

7月24日晚上，北京暴雨如注，我（指本文作者之一李至一——编者注）正从外地出差返京，飞机在云层中颠簸盘旋了一小时，机舱广播

电厂内部

最终响起："各位乘客请注意，很抱歉地通知您，由于北京天气原因，我们即将备降呼和浩特白塔机场"。落地后，在机舱此起彼伏的叹息声中我打开手机，瞬间被北方公司类REITs项目群的消息淹没——北方公司类REITs项目交易文件沟通会计划于第二天上午召开，会上中介机构要与北方公司各个相关部门就项目实操条款进行交流答疑。群里消息不断闪烁，因天气原因外地机构同事无法赶赴现场参会，大家焦急地讨论着应对方案，文字间满是无奈与焦灼。有人提出线上会议，有人担忧线上沟通效果不佳，各抒己见，经过一番激烈讨论，最终选择各方远程线上参会。

此刻我意识到，航班备降意外滞留呼和浩特的遭遇，竟成了戏剧性的破局希望。我们贵诚信托是最了解交易文件的机构之一，曾对合同实操条款提出过多轮优化意见，尽最大努力减轻北方公司、基层电厂的操作负担和风险——这正是我们发挥专业价值的绝佳时刻。此刻，备降带来的烦闷已烟消云散，取而代之的是难以抑制的振奋与欣喜。当我拨通财资部副主任的电话时，听筒里传来她标志性的爽朗笑声："你别走啦！正好现场参加我们的会议！"在与机组人员确认取消返京行程后，我拖着行李走下舷梯，盛夏草原的风掠过脸庞，脚步不觉间变得轻盈有力。正值内蒙古文旅高峰期，主任贴心地帮我预订了协议酒店。我在微信回复道："老天送我来的，明早见啦。"

呼和浩特的晨光穿透大楼玻璃时，我已在会议桌前打开电脑，交易文件上各色的批注层层叠叠。财资部副主任推门而入，身后跟着几位北方公司同事。9点整，会议准时开始，主承和律师团队的头像出现在线上会议的屏幕上，大家互相问好，简单寒暄几句后，便迅速地切入正题。

"各位，我们先一条条过交易文件中的条款，"我抛出话题，"有问题我们随时停下来讨论"。参会的北方公司同事们认真聆听，不时在笔记本上记录要点。会议室内气氛热烈，大家你一言我一语，围绕交易文件中的各个条款展开深入探讨。一个个原本棘手的问题逐渐有了眉目，交易文件中的条款在众人的智慧碰撞中不断完善。窗外，呼和浩特的天空湛蓝如洗，阳光越发耀眼，仿佛也在为这场高效的会议送上祝福。

会议结束后我又坐上熟悉的高铁返回北京，晚班高铁总是载着满车的倦意与成就。当"呼和浩特站"的朱红题字被甩在身后，车窗便成了流动的胶片放映机，将塞北风光与京畿气象编织成诗行。大青山隧道的穹顶灯光在车窗上留下残影，此刻的车厢里，键盘敲击声变得轻柔许多。我看着窗户上倒映着的灯光，回想起北方公司一起并肩作战的伙伴们。在财资部两位主任刚柔并济的智慧带领下，北方财资部展现出惊人的组织效能。面对百年老厂盘活的重任，全员开启作战模式：工作日披星戴月已成常态，周末办公室键盘声与讨论声交织成独特背景音。项目推进过程中遇到的大大小小的问题，北方公司的伙伴们总是第一时间尽最大努力保障项目的推进效率，悄然筑牢协作信任的基石，令人非常感动，更从内心深处感到尊重和敬佩。

华能北方公司类REITs项目于2024年6月启动，8月金秋时节成功落地，沙漏倒悬般的紧迫周期，伴随着同事们一次次高铁行程中的忙碌身影。当金风拂过敕勒歌的故乡，我们不仅见证了草原最美季节的流转，更沉浸于收获项目成果的喜悦之中。

结语

如今，项目已成功落地，这段经历却始终让我难以忘怀。百年热电厂的烟囱吞吐着工业史诗的云霞，北方公司同事们依旧夜以继日地辛勤付出，这些点滴早已化作我职业血脉中奔涌的暖流。在未来的日子里，相信我们还将继续携手，以能源与金融的深度融合为支点，撬动更多创新价值。我愿化作敕勒川上空的流云，见证呼和浩特热电厂以技术为翼，在革新的长空中行稳致远；也想化作阴山岩画的新墨，描摹北方公司开疆拓土、基业长青的轨迹。作为这段征程的见证者和参与者，我将怀揣这份记忆，在产融交响的潮汐中躬身如弦，继续以专业力量谱写新的篇章。■

塞罕坝

河北省承德市围场满族蒙古族自治县西北部，地处蒙古高原与华北平原过渡带，曾是清代皇家猎苑“木兰围场”的核心区域。这片平均海拔1500米的土地凭借独特地理条件——强劲的高原季风和丰富的日照，成为华能集团木兰围场清洁能源基地的所在地。项目以风电、光伏为核心，是京津冀地区重要的绿色能源供应节点。

随着京津冀清洁能源需求增长，这片昔日的皇家猎苑正转型为华北可再生能源供给基地，为区域碳中和提供持续动力。

“塞罕坝，位于我的家乡承德北部，历史上曾是清代皇家猎苑，如今是世界上最大的人工机械林场，更因其丰沛的风光资源，成为华能集团重要的清洁能源建设基地。”

——姜宏志

姜宏志，2013 年高考承德市文科第 1 名，本硕分别毕业于清华大学人文学院、法学院，获得国家奖学金、优秀学生干部、优秀毕业论文、“一二·九”辅导员奖等荣誉。曾就职于建信信托有限责任公司，获得先进个人、建信青年等荣誉。2022 年加入华能贵诚信托有限公司，现任产业金融一部信托经理。

风起塞罕坝

第一章　来自古老的风声

大地胎动的史诗

七千万年前，当印度板块与欧亚大陆的惊世一撞掀起造山运动时，燕山山脉如巨龙般从海底腾跃而出。第四纪冰川的巨轮碾过坝上高原，冰舌在花岗岩上刻蚀出七十二道沟壑，将古太平洋的水汽凝成星罗棋布的淖尔。冰碛物中沉睡的云杉花粉，成为后世解读古生态的密码。在御道口玄武岩层的裂缝间，至今仍嵌着猛犸象的臼齿化石，那些螺旋状的咬合面，记录着冰期草原的丰饶。

辽代炭化木的年轮里，藏着契丹人驯鹰纵马的记忆。考古学家在塞罕坝北麓发现的鎏金马鞍饰片上，錾刻着《辽史》未载的细节：统和二十三年春，萧太后在此行猎，命士卒以桦皮筒收集松脂，夜燃为炬，照得林海如昼。那些渗入腐殖层的焦油分子，至今仍在雨后蒸腾出琥珀色的薄雾。

木兰秋狝的华章

“塞罕”是蒙古语，意为“美丽”，“塞罕坝”即为“美丽的高岭”。康熙二十年（公元1681年），刚刚完成平定三藩之乱功业的27岁少年天子玄烨策马塞罕坝，当官员呈上绘有“七十二围”的《木兰勘界图》时，为绥服漠北、防备朔方、行围肄武、治兵振旅，这位年轻帝王用朱笔圈定了这片东西三百里、南北二百里的皇家猎苑。自此，“木兰秋狝”成为重要的皇家狩猎大典，它不仅是鞭策八旗子弟不忘战斗气概、锤炼骑射本领的演武场，更是一座统合汉、满、蒙、藏的民族大熔炉。

秋狝大典启幕那日，黎明前的黑暗被万支火把撕裂。蒙古四十九旗王公的豹尾大纛与八旗各营的龙旗在晨风中交缠，宛如彩色河流注入翡翠塞罕坝。汉、满、蒙、藏各色语言的呼喝声在林间碰撞，翻译官穿梭其间，将不同语言的狩猎术语编织成共同的和声。自康熙二十年始，在“秋高弓劲万马肥”“千里红叶连霞飞”的塞罕坝，康熙、乾隆、嘉庆等帝王曾先后八十八次举行秋狝大典。其中乾隆十九年（1754年）的“阿达格围”狩猎，成为民族融合的绝佳注脚。蒙古科尔沁亲王班第与满洲正黄旗都统额尔登布并辔而行，他们的箭囊里装着特制的“合璧箭”：箭杆上半截刻满文祝词，下半截錾蒙古语祷文。当两只雕翎箭同时命中三百步外的白鹿，满蒙武士的欢呼声惊飞了天边的雁阵。皇帝当场将鹿血分赐各族首领，金碗相碰的脆响中，流淌着“修其教不易其俗”的治国智慧。

风过围场的对话

木兰围场的管理遵循着生态蕃育之道：春蒐不打母兽，夏苗只射老弱，秋狝方行围猎，冬狩止于演武。这种“取之有时，用之有度”的智慧，使塞罕坝在百余年高强度使用中，依然保持着“麋鹿孳育，牲兽蕃息”的盛况。

在伊逊河畔的御碑亭内，乾隆手书的《入崖口有作》诗碑上，汉、满、蒙、藏四种文字如枝叶交柯。暮色中的守碑人总说，当西北风掠过碑顶的螭吻，四种文字会化作不同的音调：满文铿锵似马蹄击石，蒙文绵长如马头琴吟，藏文浑厚若法号低鸣，汉文清越如钟磬悠扬。乾隆三十六年（公元1771年），土尔扈特部反抗沙俄侵略，历尽艰辛，万里东归，东归的代表在此立誓时，骤雨将碑文字迹洗得发亮，老台吉颤声地说："这是祖宗在四种文字里看见了同样的月光。"

塞罕坝不仅是政治舞台，更是自然学堂。嘉庆帝曾命皇子们在七星湖湿地观察鸿雁列阵，从"人"字形队形领悟用兵之道；道光帝让蒙古王公子弟辨识三十七种牧草，在《御制草本记》中写下："治民如育草，知其性方能顺天时。"当夕阳将坝上草原染成金红，满蒙少年常策马追逐日影，马蹄踏碎的狼毒花种随风远播，在政治疆界之外生长出文化融合的原野。

第二章　风沙蔽日的年代

道光二十年（公元1840年），西方列强的坚船利炮扣开了古老中国的大门，以"快马硬弓"为标志的骑射作战方式被无情地碾碎在历史的车轮之下，在内外交困的形势下，"木兰秋狝"逐渐废止。而后"开围垦荒"的谕令像一柄插入生态系统的利刃，关内饥民挥舞着镰刀，将千年草甸撕成褴褛的碎片。"九一八"事变之后，东三省相继沦陷，热河"紧随其后"，日寇的铁蹄也踏入这片"千里松林"的美丽高岭。据日本满铁调查部的档案显示：1938年，日伪当局为获取军用木材，在塞罕坝北麓实施"剃头式采伐"，导致十二万亩原始森林消失，那些被批量运往奉天兵工厂的落叶松，最终变成了射向中国军民的子弹。

由于连年开围垦荒和乱砍滥伐，新中国成立之后，这片曾经如翡翠般水草丰美的皇家猎苑，已经狂风肆虐、满目疮痍。1950年的一份土壤普查报告揭示了塞罕坝触目惊心的状况：表层腐殖质仅存3厘米，沙

20世纪60年代塞罕坝孤松
正是它的存在，让造林人坚定了塞罕坝可以种树的信心

层以每年7.4米的速度南移。牧民们传说，被流沙掩埋的村庄里，教堂钟楼的风向鸡仍在沙丘下转动，只是它的啼鸣变成了地底呜咽的风声。

塞罕坝的风是古老的史官，在泛黄的《围场厅志》里写下这样的判词："飞沙蚀骨，沃土成魇。"史载同治元年，一场持续三月的沙暴掩埋了伊逊河支流，河床上的金莲花在流沙中窒息，化为后世牧民口中的"沙海舍利"。至20世纪初，西伯利亚的冷锋裹挟着蒙古高原的沙粒，将这片昔日的"绿宝石"打磨成北方版图上最狰狞的缺口。肆虐的狂风裹挟着塞罕坝的沙土，化作一阵阵漫天的沙尘暴一路呼啸南下，直抵华北平原，首都北京一次次笼罩在漫天的黄埃中，不见天日。

1961年深秋的某个黎明，林业部勘察队的吉普车开过承德以北的荒原。专家组组长刘琨的眼镜片上沾满沙尘，他透过浑浊的视线，看见测风仪的指针在十一级刻度上痉挛般抖动。沙粒击打铁皮仪器发出的脆响，像无数把匕首刮擦着时代的神经。他们在马蹄坑的流沙中挖出半截箭镞——那是乾隆三十六年秋狝大典的遗物，箭尾残留的朱漆与沙粒相互啃噬，仿佛历史正在咀嚼自己的骸骨。

“种不活树的地方，就留不住人。”老村长指着坍塌的土坯房，房梁上悬着的马灯被沙粒打出细密的凹痕。迁徙的村民背着榆木犁耙，身后是沙丘吞噬田垄的轰鸣。那一年，塞罕坝的森林覆盖率不足7.8%，沙化土地以每年7米的速度南侵，最近的沙丘与北京直线距离仅180千米。

第三章　风中挺立的脊梁

王尚海跪在1962年的春寒里，军大衣上的补丁被狂风掀起，这个曾在革命战争年代用体温焐热枪栓的汉子，此刻正用刺刀般的目光剖开马蹄坑的冻土。他被任命为塞罕坝机械林场首任党委书记，跟他一起上坝的369名拓荒者，平均年龄不到24岁，他们中有刚刚毕业满怀激情的学生，有放下教鞭勇挑重担的老师，也有背着行囊一身干劲的农村小伙与姑娘。他们要冒着零下近40摄氏度的严寒，与坝上的“王者”白毛风作斗争，白毛风是这里的“银鬃狼王”，当它抖开千百丈的雪鬃扑来时，毡包里的铜壶便噤了声，冰碴在风刃里淬成獠牙，撕开羊皮袄的针脚，啃噬着每道骨缝，风眼掠过之处，连呼出的白气都凝结成霜刃，倒扎进喉咙。雪粒不是飘落的，是被风揉碎的星子，亿万颗棱角割裂天穹，把日光绞成青灰色的絮。马蹄印刚烙在雪原上，转眼就被风舌舔成平滑的伤疤，仿佛大地也在瑟缩着藏起痛楚。

4月的春风早已吹绿大江南北，然而塞罕坝永冻层依然硬如钢铁。林业技工小赵发明了“火攻法”，但在黎明前点燃苦艾草堆，让地气蒸腾3小时，才能勉强化开半尺深的土层。20岁的知青小李跪在冰碴上栽苗，棉裤磨破露出膝盖，血渍结成冰晶，被晨光映得如红珊瑚般刺目。某日突降白毛风，大风卷着雪霰，将刚栽的5000株落叶松连根拔起。众人发疯似的在风雪中追捕翻滚的树苗，内蒙古姑娘其其格甚至脱下棉袄包裹幼苗，自己冻僵后被抬回营地时，怀里还紧紧搂着3株樟子松。

最绝望的是1963年的“黑五月”。连续三十八天无雨，新栽的树苗在烈日下蜷成焦褐的问号。技术员发现用尿液稀释灌溉可提高成活率，整个营地立即展开“节水竞赛”——男人们晨起第一泡尿要贡献给珍贵的云杉苗，女工们甚至减少喝水以积蓄“资源”。会计老刘在账本上记下特殊条目：“5月17日，收集尿液27.5升，浇灌东三区落叶松。”

为了应对塞罕坝恶劣的自然环境，第一代造林人发明了“三锹半”栽植法：第一锹破开永冻层，第二锹掏出碎石，第三锹填入黑土，半锹夯实根基。他们像移植自己的心脏般对待每株幼苗，用体温融化水壶里的冰，将珍贵的水滴滴入树坑。陈彦娴老人的日记里记载着：某日突降冰雹，众人扑在苗床上，任凭冰粒在脊背上凿出青紫的淤痕；某夜气温骤降至零下43摄氏度，6名女工轮流搂抱树苗，用青春的温度对抗西伯利亚寒流。

1964年春，乍暖还寒，塞罕坝下了场胭脂雪。巡逻归来的小分队发现雪地里有串奇怪的蹄印——竟是消失了多年的狍子群。他们追踪到阴河岸边，看见三十多只狍子正在啃食枯枝，树皮上的齿痕与造林人手上的冻疮同样深刻。众人默默卸下干粮袋，将玉米饼掰碎撒在雪地上。那一刻，人与兽在生存绝境中达成了无声的盟约。

失败了就接着干，造林人不断培育适合坝上环境的树苗，不断改进栽种方法，经过两年多的反复试验，林场奇迹般实现了90%的造林成活率，随着落叶松的根系穿透沉积百年的沙层，百年前，那片如翡翠项链般水草丰美、千里松林的塞罕坝在共和国拓荒者的手中再一次被唤醒了。

三千里黄沙困住落日时，第一代拓荒者用指甲抠开冻土，将命门钉进年轮。他们跪成排树的姿势，脊椎里插着樟子松的髓芯，掌纹被北风刻成深壑的根系。雪暴夜磨牙的声响里，有人把肋骨抽作苗圃的围栏，眼窝里埋着来不及发芽的树种。那不是栽树，是把血脉嫁接到沙砾的动脉上。女人裹着碱蒿染的灰头巾，在风墙里缝补溃散的春汛；男人肩胛骨突起的棱角，渐渐与防火瞭望塔的剪影重合。他们用体温孵着经纬线，直到每寸冻僵的晨昏都渗出松脂的苦香。三代人的掌纹在树皮下织网。少女把嫁衣裁成育苗袋，老汉临终前攥紧的拳头里，攥着被体温焐出包浆的枝剪。沙粒啃噬的齿痕化作林场年轮，月光在断锹上淬出白银的光斑——那些溃烂的冻疮、龟裂的唇纹、被雪盲症蚕食的瞳孔，最终都长成了松塔内部的秘纹。如今青翠漫过山脊，年轮里仍能听见骨节拔节的脆响：那是造林人把自己种进荒原时，血肉与大地签下的永恒契约。在老场长办公室的墙上，挂着用枯死树根雕刻的塞罕坝地图，沟壑中填着各色土壤样本——浑善达克的沙，阴河畔的泥，马蹄坑的砾，共同浇筑成绿色的共和国版图。

新一代造林人传承着这种近乎偏执的坚守，2015年春，博士生张林为攻克石质阳坡造林难题，在裸露岩壁上搭起“鸟巢实验室”。他模仿岩鸽的筑巢智慧，用羊粪、黏土和植物纤维制成“生物杯”，让侧柏在岩缝中站稳脚跟。当无人机传回第一抹岩壁绿意时，监控屏前的欢呼声惊飞了崖顶的苍鹰。在智慧育苗基地，机器人手臂正轻捏着红松种子植入培养基。当夕阳掠过光伏板阵列，在玻璃温室投下金绿交织的光斑时，恍惚可见无数透明身影仍在劳作：佝偻着栽苗的，跪地刨坑的，顶风护苗的……他们的呼吸已化为林海涛声，他们的骨血正滋养着年轮新生。

如今，一甲子的光阴过去了，在三代造林人的手中，塞罕坝一跃成为全世界最大的人工机械林场，曾经“飞鸟无栖树，黄沙遮天日”的塞罕坝以百万亩松涛的京北林海的面貌再现于世，被称为“水的源头、云的故乡、花的世界、林的海洋、鸟的天堂”。风过松林时，犹如十万架青铜编钟在云海里摇响，落叶松的针叶是淬火的箭矢，将游荡的沙魔钉死在年轮深处。白桦林里浮动着的旧王朝的残影——那是六十年前拓荒者跪着栽苗时，用膝盖压进冻土的碑文，如今全在枝丫间抽成了金箔。暮色垂落时，林梢浮起青苍的磷火。有人说是当年栽苗人遗落的马灯，有人说是新抽的松针在呼吸星辉。月轮碾过防火塔尖的瞬间，整座山林簌簌摇出翡翠潮声，恍若天地在清点它失而复得的宝藏。

第四章 坝上四季的风语

春·万物启封的序曲

4月的塞罕坝是被风揉醒的。达里诺尔湖的冰层裂开第一道缝隙时，春风便带着湿润的诺言翻过坝梁。在封冻的腐殖土下，沉睡的蒙古韭种子开始分泌苏醒酶，它们像被解咒的精灵，沿着地热的纹路向上攀援。华能光伏区的智能运维系统此刻进入“春醒模式”，无人机掠过板阵上空，用多光谱相机捕捉每一寸返青的痕迹——那些在板隙间萌发的委陵菜与火绒草，正用淡紫色的花序丈量着光与影的疆界。

护林人老周总在这个时节擦拭祖传的铜制风向仪，他说春风里藏着树木的语言：“当樟子松的新芽呈螺旋状舒展，就该启动滴灌系统；若是落叶松针尖凝出蜜露，便是播种紫花苜蓿的吉时。”而在30千米外的华能集控中心，工程师们正将这种古老物候学转化为算法参数——松针的含水量对应着光伏板的清洁周期，云杉的蒸腾速率链接着储能系统的充放节奏。

夏·生命狂欢的赋格

7月的滦河源头，水蓼的粉穗蘸着晨露，在湿地写下潦草的情书。华北落叶松释放出带有柠檬香的萜烯物质，与光伏板散发的硅晶气息在空气中交织成奇妙的和弦。华能的生态工程师在此创造了“蜂蝶走廊”：每两排光伏板间保留10米宽的野花带，熊蜂振翅的频率恰好与逆变器的电流声共振。午后的雷雨常不期而至，雨滴在光伏板上敲击出肖邦练习曲，而板下的金莲花趁机张开储水萼片，为路过的沙百灵备下清泉。

暮色降临时，林场的萤火虫与光伏区的LED警示灯开始共舞。科研人员发现，这种双翅目昆虫的发光频率与智能电表的脉冲信号形成某种默契——它们共同编织着可见光与不可见光的经纬，将塞罕坝的夏夜织成一张发光的生命网络。偶尔有迷途的孢子闯入光伏区，热成像系统会自动调暗相应区块的电压，为这些好奇的访客让出星光走廊。

秋·鎏金岁月的叙事

9月，白桦林将阳光酿成液态的金，倾注在塞罕坝的每道沟壑。华能储能电站的冷却塔上方，南迁的蓑羽鹤群排成楔形队列，它们的翅影掠过GIS系统的显示屏，化作一串跳动的负荷曲线。护林队的姑娘们背着竹篓穿行林间，智能手环不时震动——那是埋在腐殖土中的物联网传感器在提醒：东经117° 33′、北纬42° 18′的蒙古栎下，松茸菌丝正在形成。

在月亮湖边的变电站里，一场特殊的艺术展悄然开幕。退役的光伏板被改造成镜面装置，反射的秋阳在林间投射出流动的光斑；风机的报废叶片经过碳纤维重塑，成为展示年轮切片的弧形展柜。当夕阳将储能站的白色穹顶染成琥珀色时，老师傅会带着新员工辨认云图："卷云出现羽毛状分叉，明天该启动氢能备用系统；若是层云镶着金边，就是清洗光伏板的最佳时机。"

冬·寂静生长的诗篇

12月的第一场雪落下时，塞罕坝开启了冬眠模式。华能的垂直轴风机在零下35摄氏度的寒流中旋转，扇叶切割空气产生的次声波，惊醒了深埋地下的沙冬青种子。这些抗寒勇士的胚芽分泌出抗冻蛋白，其分子结构与风机使用的低温润滑油惊人相似——生态实验室里，研究员正试图破解这种跨界的生存智慧。

在远离电网的牧人小屋，新一代离网型光伏供暖系统正书写温暖的故事。牧民布和的女儿其其格，用光伏板发的电驱动显微镜，观察雪片结晶的六角形结构。她发现：当风速达到7级时，雪晶的枝状突起会呈现与风机涡流相似的形态。这个14岁的蒙古族少女，在科学日记里写下这样的句子："塞罕坝的冬天不是休止符，而是万物在白色谱纸上默写的重生之诗。"

第五章　风过林梢听回声

2017年秋，联合国环境规划署的颁奖词在松涛间回荡："从沙海到林海，是人类意志对自然法则的温柔谈判。"那一年塞罕坝机械林场获得了联合国环境规划署最高荣誉"地球卫士奖"，四年后再次获得联合国防治沙漠化最高荣誉"土地生命奖"。但塞罕坝人更愿意讲述那些未被载入史册的瞬间：1980年特大旱灾，造林人一边含泪清理遭受灾害的林木，一边栽下新的苗木，从头再来；2003年"非典"期间，留守职工在隔离区培育出抗病性更强的云杉品系；2020年春，无人机群在疫区上空播撒种子，电子蜂鸣器模拟出啄木鸟的叩击声。

年轮褶皱里的时光

站在月亮山顶的瞭望亭，能看见风的形状。春日的长风掠过落叶松林，树冠起伏如碧海生波，枝条摩擦的沙沙声里，隐约夹杂着金属的轻响——那是系在老树上的护林铃，50年未曾生锈的青铜铃舌，仍在叮咚复述着初代造林人的誓言。护林员老周总说，每棵树下都睡着一串故事：东坡第3排第7棵樟子松的根须间，埋着知青小陈的手风琴簧片；西麓那株歪脖子榆树的节疤里，卡着扑火队员小马的半枚铝制水壶盖。"这片是小刘栽的。"老周指着山腰处一片笔直的云杉，"那年他媳妇生孩子，他愣是等栽完300棵树苗才往家赶"。一棵树干上浅浅的刀刻"1975.4.23"早已被树脂填平，像道永远结痂的伤口。

天气暖和时，常有年迈的造林人拄杖而来。在六道沟林场的密林深处，年过八旬的初代造林人李秀珠颤巍巍地抚摸树干："这些纹路里藏着我们的年岁呢。"老人说他在每阵风吹过时都能听见往昔的回响：那是开山镐撞击玄武岩的脆响；那是灭火弹划过夜空的嘶鸣；那是他20岁上坝时立下的坚定誓言：不见青山现，白首不复归。他的五指早已不能完全伸展——那是长年握镐留下的永久弯曲。而他的孙女正操纵着GIS，将每棵树木的碳汇数据上传至区块链平台。风吹过三代人的掌心，从老茧间的沟壑流向触摸屏上的流光。华能碳资产交易中心的显示屏上，塞罕坝林场的碳汇数据与新能源减排量正在实时融合。通过区块链技术，每度绿电都可追溯至具体风机或光伏阵列，并与对应林木的固碳量形成双向认证。

松针间的记忆博物馆

雨季的松林是个天然的留声机。雨滴从不同高度的针叶坠下，在腐殖土上敲击出层次分明的韵律：新芽托着的雨珠清越如磬，老叶蓄着的积水沉郁似鼓。守林人小赵能闭眼分辨这些声响："急促的嗒嗒声是獾子窜过灌木，闷闷的扑簌声是松塔坠落，要是突然静下来……"他睁开眼，果然看见三只梅花鹿正驻足林隙，鹿角上沾着的松花粉簌簌飘落，在夕照里织成金色的纱帐。

在六道沟深处的防火检查站，陈列着半个世纪的守护印记：磨成月牙形的铁锹、漆皮剥落的马灯、写满观测数据的老式风速仪，堆满岁月的泛黄的值班表上方悬着崭新的电子巡更器，红光扫过泛黄纸页时，仿佛在进行跨世纪的交接。塞罕坝的风从未停止书写：春分时，它卷起蒙古黄榆的花粉，在防火隔离带上洒出金色的五线谱；立冬后，它摇落白桦树的残叶，为冻土盖上最后的信笺。护林人宿舍窗前的老旧风铃，是1972年用炮弹壳改制的，每当沙尘暴来袭，铃声便急如马蹄。

新一代护林人的装备箱里，新式无人机与祖传的羊皮水囊并置。大学生"村官"小林开发出了"年轮地图"小程序，扫一扫树木上的二维码就能显示树木的栽种年月、管护记录。

生态系统的回响

深冬雪后，林海会显露另一种记忆。狍子的蹄印串成虚线，标注出它们世代相传的迁徙秘径；啄木鸟的喙痕在枯树上刻满象形文字，记录着虫害的消长；就连最细微的冰晶，也在断枝上勾勒出历年寒潮的指纹。老技术员在带着实习生踏查时，时常停在某处突起的树根前说：“这是1980年大旱时冒出的气生根，当时我们以为活不成了，结果它们自己找到了地下水脉。”

偶尔能遇见迁徙的鹤群在林梢歇脚，它们的鸣叫激活了整片森林的记忆。柳莺应和着啁啾，松鼠用尾巴拍打松塔伴奏，连地衣下的菌丝网络都在颤动。生物学家说这是森林的“群体记忆”，当某种频率的声波传来，整片生态群落都会作出反应——就像听到半个世纪前同伴的呼唤。

第六章　风资源绿色发展

2021年8月，习近平总书记登上塞罕坝，高度赞扬了“牢记使命、艰苦创业、绿色发展”的塞罕坝精神。在三代造林人的手中，塞罕坝重现了百年前的“绿水青山”，而这里丰富的风光资源也成为这片秀美山川给予塞罕坝人民的馈赠，而今“绿水青山”的塞罕坝正在大踏步迈向新百年的“金山银山”，这一伟大事业当然少不了华能人的身影。

“双碳”目标华能行

当塞罕坝的松针开始收集第56次年轮时，华能集团的工程团队正用卫星遥感图绘制新的绿色版图。当年老书记王尚海跪地栽苗的马蹄坑旧址，如今矗立着占地2平方千米的“光伏蓝海”。160万块单晶硅板以25度仰角朝向太阳，板阵间摇曳的紫花苜蓿与防风固沙的柠条锦鸡儿，构成工业与自然共生的奇妙和弦。2024年12月，随着对松关风电场、专心湖光伏场、灵秀峰光伏场、公主湖风电场、白鹭河光伏场、白鹭河风电场等六大华能木兰围场百万千瓦清洁能源基地全部并网发电，这片曾经吞噬生命的沙海，正式宣告成为京津冀的绿色能源心脏。

华能人在新能源布局中展现出造林人般的智慧：他们在风机基础周

围种植沙棘涵养水土，用无人机巡检替代传统道路修建，使生态足迹减少62%；光伏阵列的支架高度精确设计为1.5米，既保证组件散热，又为岩羊群保留迁徙走廊。最令人称道的是“风光储氢”一体化系统——风电场的冗余电力通过电解水制氢，这些清洁能源被注入天然气管道，每年可减少标煤消耗23万吨，相当于再造1.5个塞罕坝林场。

在御道口牧场西侧，全球领先水平的“生态友好型压缩空气储能电站”正在地下盐穴中吞吐能量。这项荣获全球能源奖的创新技术，将弃风弃光电能转化为压缩空气存储，在电网高峰时释放驱动涡轮发电。工程师们特意保留地表原始草甸，储能站上方甚至有蓑羽鹤在此筑巢。

金融活水产融同

为了促进产融协同，响应集团风电、光伏发电项目对可再生能源补贴的盘活需求，在阴山北麓的风电场，华能贵诚信托的金融“工程师”们正在绘制另类地图，他们将呼啸的风转化为可流通的信用凭证——华能集团可再生能源补贴ABCP，那些尚未兑现的绿电补贴账款，经过结构化裁剪，化作“滚动发行”的资产支持商业票据，像沙柳的深根系穿透资金冻结层，为待哺的光伏矩阵引来汩汩活泉。

在塞罕坝的邻居内蒙古草原深处，“内蒙华电类REITs项目”正以另一种形态生长。运营十年的风电资产被解构重组，塔筒化作金融年轮的主体，叶片旋转的预期收益被封装成可流转的份额。犹如将胡杨木的年轮切片制成标本，投资者既能触摸到沙漠风场的粗粝质感，又能通过价值重估看见未来的年轮延展。

华能贵诚信托创造性地在金融工具中植入生态基因，ABCP的循环发行节奏，暗合了塞罕坝樟子松“三年扎根、五年成材”的生长周期；类REITs的资产包像人工林般层次分明——优先档是笔直挺拔的云杉；中间档是固沙先锋沙棘；权益档则如同林间跳跃的松鼠，分享着最丰沃的阳光溢价。

资金回流的情景则更显诗意，某老旧风场的技改现场，集团的工程师用产品募集的资金更换第17号机组轴承，拆卸下的旧部件被制成纪念铭牌，刻着节能减排当量，在华能贵诚系统的星空图上，这些绿色金融工具正如一颗颗璀璨的繁星，用点点星光汇聚的温暖与光亮为集团新能源舰队劈波斩浪、扬帆远航保驾护航。

最动人的莫过于资金闭环时刻。当首单ABCP到期兑付时，华能贵诚信托没有举行常规的庆功宴，而是组织投资人实地查看用该笔资金维护的光伏资产。众人看见清洗机器人沿轨道徐行，水流在组件表面绘出虹彩，恰似金融数据流在资产负债表上勾勒的效益曲线。有投资人俯身拾起板下新生的苜蓿嫩芽，笑着说："这大概是最具生命力的投资回报率。"

第七章　吹向未来的风声

今日的塞罕坝，风有了新的语言体系。它穿过垂直绿化建筑的导风槽时，会哼唱B大调的清洁能源之歌；它掠过生态农场的气膜大棚时，携带着藜麦与沙棘的杂交种子；当它盘旋在森林博物馆的穹顶时，又化作全息投影里跳动的数据流。但每当暮色降临，那些沉眠在林区的灵魂依然会在风铃中苏醒——他们化作年轮里的微量元素、叶绿素中的量子跃迁，以及每场雨后破土而出的新芽。

塞罕坝的风是淬过松针的长鞭，抽打在涡轮叶片上便溅起青铜的星雨。那些在机械林场游荡的气流，曾是拓荒者肺叶里未来得及吐出的叹息，如今蜷缩在发电机膛线里，将年轮的螺旋纹路碾成跃动的电光。测风塔是钢铸的胡杨，枝丫间结满数据的松果。工程师的算法在云端嫁接年轮，让每阵掠过防火瞭望塔的夜风，都携带着涡轮机转经筒般的嗡鸣。沙地上摇曳的光伏阴影，正把牧羊人古老的星图翻译成电网的经纬。塞罕坝的电流带着松脂的苦香。当寒潮在绝缘瓷瓶上凝结霜花，你会听见电流穿过林海时的颤音：那是初代造林人用铁锹劈砍冻土的和声，是光伏板吸收亿万光年外的恒星遗言，是涡轮将塞北狂风的野性驯化成温顺的磁感线。在这片曾用血肉栽种绿色的土地上，如今钢铁的根

华能对松关风电场

系正与松林共生。每个变电站都是发光的年轮，每道电弧都是复活的拓荒者掌纹——他们终于学会用铜缆编织季风的缰绳，把太阳坠落在沙原的金箭，熔铸成点亮华北平原的青铜灯盏。

如今的塞罕坝，每个清晨都上演着震撼的蒙太奇：无人机群在《东方红》的旋律中起飞，驼队载着生态监测设备走向草原，自动驾驶观光车与狐狸共享林间小道。在森林音乐厅，作曲家将风速、土壤湿度、树木生长速率转化为交响乐，而观众席上坐着穿冲锋衣的科学家和戴老式棉帽的初代造林人。

这阵吹拂了七千万年的风，终于学会了用年轮书写编年史，用叶绿素储存文明代码，用年复一年的新绿回答着哈姆雷特之问：生存还是毁灭？在塞罕坝的词典里，答案永远镌刻在每棵指向天空的树梢之上。

等将来我的孩子长大了，我要继续向他讲述“风起塞罕坝”的故事，我会告诉他，那是咱们家乡的风，那是来自远古的风，那是正吹向未来的风……■

地火扶搖
三秦猶見漢時稻

按 语

深埋此间的地火，如明珠般璀璨，照亮了陕甘的山川谷地，本章指引着我们西行寻宝。藏形此间的朔风，驱动河西走廊的风车，将我们送往这片古老土地上的新地标。

三秦之地，“三色”星火照耀。一群金融人以笔为锸，挖掘出这片土地上的能源宝藏，在黄土高原上破解民营企业的融资困局。他们用数据撬动信任，让资本如春雨般渗入实体经济的裂缝，催生出一簇簇破土而出的希望。

柳巷煤矿，深处地腹，掘金之旅艰辛而壮丽。金融团队深入井下调研，既解决民企融资难题，又确保央企资产稳定。当智控座舱的矿工用手柄远程采煤，当光伏矩阵在荒漠“借光生金”，这片土地正经历从“黑金”到“绿金”的蜕变。

陇东高原，追风逐日，能动天下。在甘肃庆阳，低风速与强日照被高效转化为清洁电力，燃煤电厂引入先进减排技术，捕集二氧化碳助力碳中和，一场绿色变革正悄然兴起。

他们的故事，从不同维度勾勒出三秦大地能源发展的壮丽画卷，这不仅是产融协同的生动注脚，更是西部大开发中传统与创新碰撞出的燎原星火。

陕西榆林

"三秦"之名始于秦末。公元前206年，项羽灭秦后为牵制刘邦，将秦地关中及陕北一分为三，封秦降将章邯为雍王、司马欣为塞王、董翳为翟王，史称"三秦"。后刘邦统一天下，虽调整行政区划，但"三秦"逐渐演变为陕西的代称，涵盖陕北、关中、陕南三大区域。

华能煤业公司于2011年12月成立，自成立以来，以完善煤炭产业管理体制机制为基点，以建设国内一流煤炭企业为目标，重点强化煤炭产业的战略发展、投资管控、绩效考核、人力资源和安全生产，大力提升煤炭协同保障供应能力，不断完善三级管理体系，专业化管理水平不断提升。

“在一次跟同业机构的交流过程中，我们了解到煤矿企业股东的融资需求，在公司内部研判讨论后，前往榆林、西安等地实地调研。”

——曹地 张一鸣

曹地，毕业于澳大利亚新南威尔士大学。曾就职于兴业银行郑州分行、招商银行郑州分行。2018 年加入华能贵诚信托有限公司，长期深耕产融结合业务方向。现任河南业务部高级信托经理。

张一鸣，毕业于中国农业大学，曾就职于德勤华永会计师事务所北京分所，2019 年加入华能贵诚信托有限公司，现任河南业务部信托经理。

“三色”星火照三秦

缘起

黄土高原，这片承载着华夏文明厚重记忆的土地，历经千载风雨的洗礼，沟壑纵横，塬峁交错，宛如大地的年轮，镌刻着岁月的沧桑。从古丝路的驼铃悠悠，到红色革命的星火燎原，再到新时代的能源变革，这片土地见证了无数筚路蓝缕的历程，也记录了诸多兴灭继绝的转折。

当历史的长河奔涌至21世纪20年代，黄土高原之上，一场产融结合的探索正如春风化雨，悄然酝酿着改变。在郑州东站，暮色中的候车大厅里，我和男哥并肩而立，望着窗外黄河的轮廓，满心迷茫。产融项目历经大半年的奔波，却迟迟等不来叩醒玉门关的春风，前路仿若被迷雾笼罩着……

这一年里，团队成员走遍河南、陕西、湖北等地，试图用金融工具为能源产业链注入活力。然而，现实的困境让大家举步维艰，企业对金融需求的萎缩，以及信托融资高成本的难题，如同两座大山横亘在面前。在某风电企业调研时，负责人苦涩的言语和厂外锈迹斑斑的龙门吊，都是传统制造业困顿的缩影，也让我们对自身的产融之路越发困惑。

正当迷茫之际，一通电话，像一道划破迷雾的闪电，将我们的视线引向三秦大地。

我们深知，这或许是一次改变现状的关键契机，又或许会是又一次碰壁的开始。但无论如何，我们都要踏上这充满未知的征程，去解开产融结合的真正密码。

迷惘：黄河南岸的沉思

深秋的郑州东站，暮色裹挟着凉意涌入候车大厅。我站在落地窗前，望着地平线处若隐若现的黄河轮廓，嗓音略带疲惫："男哥，咱们忙活大半年，产融项目还是颗粒无收，是哪里做得还不够吗？"男哥摘下眼镜揉了揉眉心，长叹道："中部地区的民营企业，融资需求虽多，但风险难以控制。咱们作为信托成本高，有的客户一听就摇头……哎！咱们客户面还是拓展得不够啊。"玻璃窗映出我俩的身影，与身后熙攘的人群形成鲜明对比，仿佛被时代的浪潮推至岸边，进退两难。

彼时，华能贵诚信托河南业务部响应公司"产融结合"战略已逾一年。我们走访了河南、陕西、湖北等地的多家企业，尝试用金融工具在能源产业链上下游"活血化瘀"。然而，企业对金融需求的萎缩，已然波及传统银行渠道，信托融资相较于银行，其更高的融资成本更是让众多客户望而却步。某次在某风电企业调研时，企业负责人苦笑道："你们信托的钱是好用，可利息也确实比银行高，我们企业的利润本身就薄啊。"厂房外，锈迹斑斑的龙门吊静默伫立，恰似传统制造业困顿现状的无声写照。

迷茫之际，华能集团“三色”文化的标语在我们脑海中浮现——红色基因、绿色使命、蓝色创新。或许在产融结合的道路上，我们过于执着于“输血”，却忽略了“造血”的根基：如何依托华能集团的产业背景与贵诚信托的金融牌照，找到真正与实体经济共振的切口？

转机：榆林煤海的启示

转机出现在2024年底，一通来自某银行的电话，将我们的视线引向三秦大地，当地一家民营综合企业急需数亿元融资（该企业下设煤炭、餐饮、投资等几大板块，煤炭板块的核心资产是参股某煤矿的股权）。这家民营企业也曾接触过一些银行和其他同业金融机构，都因为其融资金额大、需求时间紧、实控人担保弱等而选择放弃。当项目的基本情况第一次发送到我手中时，大家觉得“姿色平平”：企业整体财务数据平庸，餐饮板块毛利润低，投资板块无亮眼的标的，煤炭行业属于传统能源行业，无论是涉及的赛道还是企业的规模都没有长在贵诚信托的审美点上。

“哎！这种项目，咱们风控怕是不会通过，感觉还是外甥打灯笼——照旧啊！”我摇头叹息。但当男哥看到可以用股权作为质押物时，突然灵光一闪，立刻搜索起了该企业的工商登记信息，“光明触手可及”，男哥兴奋道：“你知道这矿的大股东是谁吗？是咱们集团下属的煤业公司啊！产融结合，关键在“融”与“产”的咬合点！我觉得还能再挖一挖这个项目的细节，比如这个煤矿到底价值几何？”

我这时略有疑惑：“看报表煤矿倒是会有分红，但是只靠一个煤矿的分红能行吗？未来煤炭价格下行怎么办？能持续吗？”男哥说：“不尝试挖掘一下怎么能知道不行呢，在这个‘内卷’的时代，咱们做的都是差异化业务，只能在沙子里面找金子，而不是从金子里面筛沙子。”

在“沙子”里面发现了亮光后，河南业务部便尝试继续与银行沟通获取更多信息，并立即着手根据已有的资料展开分析，对企业的财务情况、业务情况、行事风格进行挖掘。同时因为煤矿的实控人是集团下属公司，于是我们便主动与和集团联动最多的贵诚信托集团业务部携手推进，经过数日的信息收集与整理，得到了初步结论：融资人持有的煤矿股权的分红比较稳定，这笔股权算是一个看起来不错的资产，项目属于典型的强资产弱主体，可以尝试继续推进。

清晨，我和男哥坐上了西行的航班。窗外，黄土高原的沟壑纵横如岁月留下的刻痕，远处偶尔可见废弃的窑洞，与新建的风力发电机群形成奇异交响的画面。陕北榆林的风电场，是黄土高原上一首现代与古老交织的磅礴长诗。昔日的“塞上煤城”，如今在风机脚下悄然蜕变。华能陕西靖边风电场的改造升级，将1.25兆瓦的老旧机组替换为叶轮直径220米的新机型，宛如将青铜时代的戈矛换作信息时代的银梭。旧机组退役时，叶片被碾碎成再生纤维，混入混凝土筑成新路；齿轮箱与塔筒经清洗检测，化作备用零件继续服役——这“破”与“立”的轮回，恰似黄土高原千年窑洞的坍圮与重建。

榆林这座“中国科威特”，曾是丝绸之路上的重镇，在世纪之交因煤而兴，但也因煤而困。在黑金疯狂的年代，煤炭为这座城市带来了“泼天的富贵”，也给这座城市留下了难以磨灭的伤疤。男哥望着国道旁连绵的露天矿坑，恍惚间看见了大地的年轮。从风电场边缘远眺，樟子松林正以倔强之姿向沙漠挺进。毛乌素沙地年复一年的“绿进沙退”，与风机年减排74万吨二氧化碳的伟力，构成双重生态救赎。牧羊人赶着羊群穿过华能陕西孟家湾150兆瓦光伏板阵列的蓝色海洋，羊蹄踏出的蜿蜒小径，恰似《葡萄月令》里“藤蔓顺着架子爬”的闲适，却又暗含现代性的寓言——当清洁能源取代煤烟后，向日葵与光伏板共绘春景。

抵达企业总部时，董事长王总正用浓重的陕北口音打电话：“……煤矿分红稳着哩！今年吨煤售价超过700块，分红还是比较可观的！”放下电话，他搓着手笑道：“贵诚信托的同志们，咱这矿可是和你们集团‘打断骨头连着筋’哩！你们集团参与进来后，企业利润那是节节高！”

在实地调研走访中，业务团队深入煤矿一线。井下，传送带上的原煤如黑色洪流奔涌不息；井上，智能化监控屏实时跳动着瓦斯浓度、开采进度等数据。集团工程师老张指着采掘平面图感慨：“这矿地质条件相当好，按当前产能利用情况至少还能开采20年，稳稳的现金奶牛！”

那一刻，我和男哥忽然读懂了“产融结合”的内涵——产融结合不是孤军突进，而是以产业视角引领金融创新，利用身后集团的专业判断能力为我们信托业务赋能。

破局：大雁塔畔的交锋

在项目推进的关键时刻，贵诚信托项目团队在西安牵头召开了一场特殊的联席会。会议室内，项目团队、项目风控组、企业代表三方围坐深入交流，对项目的方案细节反复推敲。窗外，广场上的玄奘雕像静静矗立，正在凝视着这场现代商业的“取经之路”。

“单凭煤矿股权质押和实控人担保还不够，必须对现金流设置监管！”风控老陈态度强硬。企业代表却不同意：“走监管账户的话，资金使用效率肯定会大大降低！我们作为企业，必须要让每一分资金都创造价值！”僵持之际，男哥突然起身走到白板前，画出了一个三角形：“各位看——这个项目的顶点也是核心，就是煤矿的稳定分红，左翼是华能集团对煤炭行业的研判能力，右翼是监管账户形成的现金流闭环，对于企业的正常走款需求，我们保证2小时内复核通过走款指令，这一条我们可以写在相关合同里，但是煤矿的分红必须全部进入我们的监管账户中。”企业代表听后，默默坐下点了点头。双方最终达成一致意见。

为了验证模型，项目团队再次踏上了“取经”路。在贵诚信托集团业务部的支持下，大家走访了集团煤业公司，对标的煤矿的运营情况进行细致的了解。项目团队在贵诚信托内部也打开思路，邀请公司投资管理部的能源行业投资经理论证煤炭行业“短期承压、长期向稳”的大趋势。在陕北的寒夜里，业务团队与企业财务人员挑灯测算，逐月核对煤矿的产销情况，我把计算器按得噼啪作响：“按当前坑口价和分红比例，分红现金流覆盖融资本息绰绰有余，整体风险可控。且质押股权的价值远远大于我们的融资金额，企业违约成本较高。”

入夜后，华能陕西靖边风电场化作光影的剧场：警示灯在塔顶明灭，如散落大地的红色星子，与银河遥相呼应。此刻的叶片仍在转动，将塞北的烈风转化为电流，沿着银线奔涌向千里之外的都市。华能集团在榆林的风电项目总装机超250兆瓦，年发电量近6亿度，可替代标准煤约18万吨，减排二氧化碳45万吨，相当于种植250万棵树木的固碳效果。

华能集团在榆林的布局不仅是企业战略的落地，更是中国能源转型的微观缩影——通过技术迭代与生态共融，将塞北的风能与太阳能化为点亮未来的绿电，书写黄土高原上的“风光史诗”。

星火：黄土高原的注脚

贵诚信托河南业务总部的该项目上会通过后，我们便即刻起程签署合同和办理股权质押。飞机舷窗外，秦岭山脉如巨龙横亘，山脚下连霍高速的车流蜿蜒如练。这片诞生过“凿空绝域”张骞、“虎穴焚胡”班超的土地，如今正在见证着新时代产融结合的星火燎原。

最终项目在各方的精诚合作中顺利落地，该民营企业也在需要融资的关键时刻获得了宝贵的资金支持，“道阻且长，行则将至”，产融结合的“取经”路上离不开“坚持”。

返程路上因榆林机场航班量较小，我们便沿着包茂高速驱车向北，取道鄂尔多斯乘航班返郑。北行路上，天地渐次褪去黄土的粗粝，换上一袭沙与草织就的袍子。高速公路如长刀劈开毛乌素沙地的腹地，黄沙与绿洲犬牙交错的褶皱里，藏着一部半枯半荣的边塞长卷。

车轮碾过沙梁时，风在窗外低吟，似在翻动一本散佚的旧书。残存的夯土长城匍匐于沙丘间，像被岁月磨钝的脊骨，断口处钻出几簇沙蒿，绿得倔强。沙枣树的银绿叶片簌簌颤动，让人想起古丝路上商队系在驼铃间的干粮袋——风沙能蚀去铜铃的亮色，却抹不掉草木年复一年抽芽的执念。远处沙丘背阴处，牧羊人挥动鞭子的脆响惊起一群沙鸡，翅影掠过光伏板的蓝海，恍若时光在此打了个轻盈的旋儿。

接近鄂尔多斯地界时，黄沙悄然退场。草甸如一块被风揉皱的绿绸，羊群在其间游动，仿佛云朵坠落人间。牧羊人骑着摩托车驰过草坡，车载收音机里淌出的蒙古语长调，与高压电塔的嗡鸣交织成奇异和弦。偶有废弃的烽火台立于旷野，石缝里探出马兰花的淡紫，而更远处，成吉思汗陵的景致如一卷徐徐展开的草原史诗。“成陵”出口的指示牌掠过车窗后，天地豁然开阔，黄土高原的苍茫渐次褪去，代之以伊金霍洛旗甘德利草原的连绵绿意。远处的陵宫金顶在阳光下熠熠生辉，仿佛成吉思汗仍在云端俯瞰这片他眷恋的土地。

航班上，我打开了项目可行性研究报告，看到了男哥在第一页上面加的批注：此单虽历经波折，但却是“三色”文化的生动注脚。红色基因让我们敢于面对困难啃硬骨头，绿色使命要求我们脚踏实地赋能实体经济，蓝色创新体现在风控模型的突破中；而“头雁”引领团队穿越迷雾，“奋斗者”精神熔铸于每一个推敲细节的深夜、每一次即刻起程的出差。

尾声：长河落日圆

业务落地后部门的周会上，男哥带领大家复盘做这笔业务的心得体会。他感慨道：“这笔业务的落地离不开前期漫长的积累，坚持很重要，没有此前的渠道积累，就不会今天业务的落地，我们不放弃每一个机会，且要不断地向我们的渠道客户宣导我们做这类项目的初衷——服务于产融协同的业务，服务集团产业链中企业。”

贵诚信托作用在哪里——我们其实只是做了一个基础工作，提升产业链上企业的活性，提升上下游的信息交流传导，我们做的并不是一个高大上的事情，只是把点点滴滴的信息关联起来，把产业和金融进行结合，一点点解决困难，使产业换发新的活力；“星星之火可以燎原”，中国现在处于国有经济主导，民营经济补充的整体格局中，国有经济起支柱作用，但是民营企业也解决了社会上的超过半数就业，可以通过我们的能力去激发民营经济的活力。

再次站在郑州东站，我手中多了一本《榆林府志》。书中记载，明清时期，榆林商人靠“边市”贸易积累资本，又将利润反哺屯田戍边。历史总是惊人地相似——今日我们以金融活水灌溉民营经济，何尝不是另一种“产融戍边”？候车厅广播响起，男哥拍了拍我的肩膀：“下一站去塞外草原，那里有家光伏企业想和我们聊聊……”夕阳将我们的影子拉得很长，与玻璃幕墙上“星星之火可以燎原”的标语重叠在一起，仿佛给“三色”文化镀上了一层金边。

后记：新时代的“金融地质队员”

贵诚信托作为背靠华能集团的央企基因信托公司，在产融结合以及差异化发展方面不断尝试开辟新的路径。面对国内复杂多变的市场环境和行业形势，贵诚信托坚定践行华能集团“三色”文化和资本公司“三色”金融文化的理念，服务而不依赖，求存、图强、控险、谋新，始终坚持服务集团主业、服务实体经济、服务民营经济。公司上下也在产融结合的道路上不断开辟新思路，深入挖掘集团子公司或孙公司其他股东的各类金融需求，围绕华能集团这棵参天大树为集团主业、实体经济、民营经济助力，帮助民营企业解决融资难的实际问题。

金融的温度，不在于报表上的数字，而在于让资本像春雨般渗入产业的肌理，在每道裂缝里催生希望的绿芽。这或许就是贵诚信托人的使命——做新时代的“金融地质队员”，在新时代经济的岩层中探寻光热的源泉，让“三色”旗帜永远飘扬在服务集团主业、服务实体经济、服务民营经济的最前沿！■

中国华能
CHINA HUANENG
中国华能
CHINA HUANENG
CHINA HUANENG

榆林地貌

柳巷煤矿

榆林市地处陕西省最北部，位于陕甘宁蒙晋五省区交界处，地处黄河“几”字弯中心，曾是黄河中游水土流失最严重的地区。地貌以长城为界，北部为毛乌素沙漠南缘风沙草滩区，南部为黄土高原丘陵沟壑区。榆林是中国“煤都”，煤炭资源禀赋突出，当地煤炭开发始于1984年神府煤田的发现，1998年榆林获批国家级能源重化工基地，其后榆林市不断推动现代煤化工技术突破，实现产业链的升级转型。

华能柳巷煤矿正位于陕西省榆林市，是华能煤业公司在陕西地区的重要煤炭资产。

“我于2024年参与了华能陕西柳巷煤矿小股东股权融资项目的实施，在西安、榆林两地开展了实地调研，见证了华能集团助力陕西能源行业从‘黑金’到‘绿金’的高质量发展之路。”

——曹彦雁

曹彦雁，2007 年高考四川省自贡市文科第 1 名，本硕分别毕业于北京大学中文系、光华管理学院。2019 年加入华能贵诚信托有限公司，主要参与产融协同、服务集团主责主业的相关业务，曾负责华能集团新能源补贴款资产证券化产品发行工作、参与“轻资产运营”绿色产融协同新模式的研究，荣获 2023 年度华能集团软科学研究优秀成果奖二等奖。现任集团业务部信托经理。

掘金柳巷煤矿
从“黑金”到“绿金”的高质量发展之路

第一章　长安初探

11月的西安笼罩在灰蒙蒙的雾霭中，行道树褪尽最后几片黄叶。我穿过西安热工研究院的老院区，1965年落成的办公楼外墙爬满藤蔓枯枝，门厅里“华能煤业陕西矿业分公司”的铜牌在泛着微光。贵诚项目组此行的目的明确——求证柳巷煤矿的资产成色。

项目线索始于两周前的一次偶然。当地银行提及，西安某民营企业家正在为其持有的公司股权寻求流动性支持。这位从餐饮业白手起家的创业者，从三张桌子起步，创立了自己的火锅品牌。其后，这位企业家的版图拓展到食品加工、酒店服务、文旅产业发展等，除此之外，她还持有柳巷煤矿的部分股份。

在初步梳理了项目信息后，集团业务部与河南业务部决定合作推进，第一时间就与风控人员碰头商议。“民营股东跨界经营，风险如何把控？又如何核实煤矿资质的真实性？”风控部同事直接发问。我把早已准备好的股权结构图递了过去：“柳巷煤矿的大股东正好是华能铜川照金煤电有限公司，占股43%。我们是华能的金融企业，拥有的能源电力产业背景是我们的独特优势，如果能从产业兄弟单位入手，就可以验证这个资产信息的真实性。”用红笔圈出柳巷煤矿的股权比例后，我继续补充道：“这也是我们一定要做这个项目的原因，也只有我们公司才能做好这个项目——这家民企的股权比例只比华能少1%，如果它的资金链承压导致股权变动，也可能间接影响华能资产的经营稳定性。央企金融子企业要聚焦服务主责主业，当好实体产业的战略支撑，我们这个项目可以是一个具体实践。”

产融协同，刻不容缓，公司内部迅速达成了共识，初步判断这是一个值得挖掘的优质资产，不能仅仅因为融资主体是一家民营企业就一刀切否决。但民营企业提供的材料的可靠性和完整性都有所欠缺，项目组还需要产业单位的协助，去逐一厘清柳巷煤矿的剩余可采储量、煤价的销售均价、分红金额及频率等关键问题。投资机会瞬息万变，项目组第一时间就踏上了去西安尽调的旅程。

在华能煤业陕西矿业分公司的小楼里，20世纪90年代的水磨石地面泛着温润的光泽。这座建筑原是西安热工院的老院区，坐落于西安老城的东郊小院，院子不大，但许多享誉能源电力行业的科技创新技术都诞生于此。这里是全国最早的电力技术研究院，发展至今，已有70余年的历史了。走廊墙面的展示画记录着热工院的峥嵘岁月：1991年完成中国第一座核电站——秦山核电一期首台国产30万千瓦核电机组的常规岛调试和考核试验，2006年完成华能玉环电厂第一个国产百万千瓦超超临界燃煤机组调试，2017年圆满完成“一带一路”示范项目巴基斯坦萨希瓦尔电厂的电建等专业技术工作。这些成就静静诉说着产业报国的故事。

“欢迎贵诚的同志来调研。”宋副总经理指着墙上的陕西地区矿区分布图，手停在西北方位，“柳巷煤矿是煤业公司乃至整个集团在陕西的重要资产，2012年基本建成，240万吨产能对应仅几十名正式在岗员工，管理水平一流，吨煤完全成本在整个行业里都可以算首屈一指。”这位和煤打了几十年交道的干部对柳巷煤矿的煤质更是高度评价，“煤质发热量特别高，用作动力煤的时候，甚至需要电厂掺配部分次等煤，所以煤价也是相当可观的。即使拿到全国煤炭市场横向去比，那煤价也是第一梯队”。刘主任给我们提供了最新的财务数据参考：“去年矿上净利润又超预期，现金流很充沛，账面货币资金存量也长期维持在较高水平。”刘主任继续补充道：“柳巷煤矿的利润目前主要通过股东分红实现价值回馈，公司章程规定满足条件应分尽分，近3年分红比例均较高。”我翻动着报表追问：“柳巷煤矿是集团范围内吨煤利润排名名列前茅的煤矿，究竟是怎么做到的?”宋总嘴角浮起笑意，看来我们是问到了关键之处：“柳巷煤矿的秘密在煤质——特低灰、特低硫、特高发热量，埋藏浅、倾角小，井田内连一条断层都没有。我们内部有个说法，柳巷煤矿就像黄土高原里藏着的金母鸡。”

谈话间，我们大致捋出了柳巷煤矿的前世今生。柳巷煤矿是华能少有的混合所有制煤矿，早在2007年就已批准设立，几经辗转由华能煤业公司接手并主导开发运营、生产销售，民营股东不参与日常经营。柳巷煤矿煤质优异，即使在大比例长协煤保供的前提下，近3年销售均价仍能维持在行业较高水平。此行我们确认了柳巷煤矿利润的真实性，一举打消了项目研判中最大的顾虑。根据产业兄弟单位提供的相关数据，我们基本可以预测未来现金流，搭建资产估值模型，从项目经济性的角度，作出初步的投资判断。

临别时，刘主任送我们到楼梯口。“柳巷煤矿的小股东，如果真有拿股权质押来融资的需求，我们作为大股东也有顾虑。贵诚信托一直是信托行业的头部机构，找外人总是不如找咱们自己人。”刘主任最后补充道：“对贵诚信托，我一直都是只闻其名，不见其人，这还是咱们第一次真的建立业务往来。这次是个难得的机会，能围绕华能的优质资

榆林明长城镇北台

产，让产业单位和金融单位真的联动起来。”

暮色中的热工院亮起路灯，我心生感慨：“产融业务努力耕耘了这么多年，却还是有没有触及的盲区。没想到传统煤矿还能做出这种规模的效益。”想起公司今年工作会议强调的“产融协同”，我此刻有了具象认知。这个看似普通的股权融资项目背后，或许正是解锁华能集团优质资产的钥匙——既践行了金融服务实体经济的天职，又彰显了央企链主企业的担当。

第二章　朔风古道

返京短暂休整后，项目组决定再次起程，经西安前往榆林，完成柳巷煤矿的现场实地走访。

D180次列车缓缓驶出西安站，我正在翻阅电脑里的《榆林煤炭志》。窗外退却的关中平原逐渐被黄土台塬取代，那些被雨水冲刷出的垂直节理，恰似地质年轮里镌刻的煤层走向。这里是鄂尔多斯盆地的东北缘，侏罗纪煤系地层以30度倾角向西北延伸，形成了中国最大的整装煤田。

煤是大自然的馈赠，把能源饭碗牢牢端在自己手上也成了榆林发展的必由之路。榆林的煤炭开采史可以追溯到明代，考古证据显示，明代边军已在神木县永兴堡用煤渣修筑烽燧，如《延绥镇志》记载万历年间“军民采煤取暖，市易渐兴”。至清光绪三十三年（公元1907年），官办保晋矿务局在府谷设立煤矿，开启机械化开采先河。民国经济委员会1935年统计显示，榆林年产煤量突破10万吨，但开采深度普遍不足50米，回采率仅23%。

决定性转折发生在1984年。《人民日报》头版头条刊发消息——“陕北有煤海，质优易开采”，这篇报道拉开了榆林煤炭大开发的序幕。地质矿产部航空物探遥感中心在神木县发现特大型煤田，国务院随即启动神府煤田开发计划，世界七大煤田之一的神府煤田由此震惊世界。榆林从《水经注》里“水草丰美”的边地，跃进为我国首个亿吨级煤炭生产基地。

能源经济引发区域能级裂变。2000年榆林GDP仅百亿元级，2023年达到7091亿元，23年间增长68倍，“煤城”当之无愧。但多年高强度、粗放型资源开采，导致能源利用率不高，环境污染问题日益严重。空气质量明显下降，地下水位不断降低，采空区塌陷、生态退化接踵而至，“资源诅咒”理论似乎正在应验，榆林地区背上了沉重的环境负债，这使得中央及陕西各级政府在发展陕北煤炭产业的同时，也不得不考虑可持续发展的重要性。

列车驶入延安地界，不断掠过自然资源部设立的“黄土高原生态修复示范区”标识牌。黄土高原地区生态脆弱是不争的事实，《榆林府志》里曾记载“沙碛连云，烽烟蔽日”，榆林位于黄河“几”字弯的中心地区，紧邻毛乌素沙漠，无论是在黄河流域生态保护还是在荒漠化综合防治方面都是排头兵。资源富集与生态环境脆弱并存，开发和保护矛盾突出，能源化工产业水平整体处于中低端，科技创新力度亟待提升，践行“绿水青山就是金山银山”，就势必要完成从“黑金”到“绿金”的转型嬗变。

高铁继续前行，实习生小唐将平板电脑转向我：“风控部更新了可研里的风险揭示。”屏幕上是最新的可行性研究报告，风控部最新的批注是“煤矿项目可能遇到的风险中，环保合规风险涉及红线，应当予以重点关注”。我心下了然，出发前项目组已经整理过相关案例，新环保法实施以来，上百万元、上千万元的“天价环保罚单”屡见报端，央国企和上市公司的违规案例更凸显监管之严格——某省大型国有煤炭公司，长期超产、非法排矸，在黄土高原天然沟壑纵横区域内，大肆削山平坡，将产生的上千万吨矸石倾倒在排矸场，被中央生态环境保护督察组抓为典型，最终被责令停产整顿。这类案例如同悬在煤矿企业头顶的“达摩克利斯之剑”。环保红线早已不是纸面文章，它是直接关联矿井关停、信贷冻结甚至刑事追责的生死线，正如风控部更新的报告所言：“环境合规风险可能直接斩断项目现金流。”

因此，煤炭行业的绿色转型是项目组关注的重点，我们来前做足了功课，各类行业新技术的材料塞满了我和小唐的电脑，在火车上我还在争分夺秒地学习行业新知识：充填开采技术有了巨大的突破——将煤矸石、粉煤灰回填采空区，既能避免煤矿地表塌陷，又能消纳固体废弃物。“通过煤矿采空区煤矸石浆体规模化充填关键技术的应用，成功实现了当日产生的煤矸石固废全部充填。”困扰煤矿企业绿色发展的煤矸石固废处置难题已经得以攻克。小唐则是对“榆林矿区保水采煤技术获中国煤炭工业协会技术发明一等奖”的报道很感兴趣，这则来自榆林市地质矿业协会官网的资讯，报道提及项目组以陕北等大型煤炭基地为研究区，通过煤层顶板含水层保护技术，煤层底板构造与地层薄弱带注浆保水技术，系统解决了高强度采煤条件下含水层结构保护的重大技术难题。

车轮碾过榆林母亲河——无定河的铁桥，玻璃窗外的风景如同一幅时空交错的卷轴——百米高的风机阵列与延绵数里的光伏矩阵次第铺展，纯白色叶片切割着塞北长风，深蓝色光伏板承接黄土地直射的骄阳。这片土地正以新能源为笔触，在黄土沟壑间书写现代工业文明与生态文明的协奏曲。榆林市及下辖的定边、靖边两县依托其得天独厚的自然资源禀赋，已成为中国西北地区新能源发展的核心示范区。该区域年平均风速达6米/秒，年有效风时超过4000小时，其中定边县风能可利用面积达3000平方千米，占全省风资源总量的60%；光能资源同样突出，年均日照时数2740小时，太阳总辐射量达5500兆焦耳/平方米以上，光伏发电年有效利用小时数超过1600小时。这种“风光同频”的自然优势，为大规模新能源开发提供了物理基础。昔日的“黑色煤海”掀起绿色波澜，榆林成为国家能源革命创新示范区。截至目前，榆林新能源装机容量已突破16兆瓦。

我曾在两年前参与发行过以新能源补贴款为基础资产的资产证券化产品，其入池资产就包括华能定边及靖边地区的风电及光伏项目，因此，对于榆林“地下涌黑金，地上生绿电”已了然于胸。华能在榆林地区的新能源布局落子已久。早在2008年，华能人就踏上了黄土高原，当地人口口相传的一句顺口溜“一年一场风，从春刮到冬，风吹石头跑，抬脚不见踪”，真实再现了当地的恶劣环境。在这样的条件下，华能人硬是通过上网查询资料、购买风电书籍、到就近风场学习等方式，开发了华能陕西公司第一个新能源项目——靖边风电。先“追风”再“追日”。2023年，榆林榆阳区华能陕西孟家湾150兆瓦光伏发电项目顺利并网，孟家湾光伏项目将绿色发展理念贯穿项目全过程，探索出“光伏+生态+农业”发展模式，光伏板上面发电、下面治沙，一地多用，在榆林荒漠沙地上实现了“借光生金”。华能在陕西打造的风光火储一体化、电热煤多产业融合的布局，成为在陕的一张熠熠生辉的“绿色名片”。

火车逐渐接近此行的目的地，这片曾以“可怜无定河边骨”载入唐诗的土地，如今正书写着新旧能源交相辉映的传奇。这片土地曾是汉代上郡都尉巡视的烽燧古道，至今仍屹立着四百年前榆林卫将士戍守的长城镇北台关隘，弹指一挥间，范仲淹“千嶂里，长烟落日孤城闭”的苍凉意境，竟已改写为“风机转，绿电点亮驼城夜”的现代诗行。那些在文件中构建的认知框架——煤价曲线、保水开采的生态补偿机制、智能化改造的投资回报率——突然与眼前的现实共振。我的认知逐渐清晰，从“黑金”到“绿金”的转型嬗变，有两种解法，一是煤炭行业自身加快绿色低碳技术攻关，推动煤炭产业优化升级；二是在传统能源行业之外，培育壮大新能源产业，探索清洁低碳发展模式！

临下车前，我竟生出十分的激动与期待，纸上数据与眼前实景强烈互文，三十年榆林能源行业变迁史如在眼前。纸上得来终觉浅，那些在金融机构办公室里反复推敲的变量参数、在文献中抽丝剥茧的发展脉络、在模型里千锤百炼的安全阈值，都将这趟柳巷煤矿的实地走访之旅中，完成从数字到实体的终极验证。

第三章　三秦煤海

去煤矿厂区这一天，我们起得很早。早上7点，天还没大亮，这座北方城市已然苏醒，我惊讶地发现榆林下起了大雪，推窗时冷风卷着雪粒子扑在脸上。我和小唐走出楼，路旁松树林裹着白色雪末，墨绿针叶支棱着，呼吸间清冽的空气格外提神，我们两人踩着咯吱作响的雪钻进早餐铺，铁锅上蒸腾的白雾糊住了玻璃窗，老板抄着长柄铁勺敲锅沿："两碗羊杂碎，粉条无限续！"粗瓷大碗盛着当地人最爱的早餐——羊杂碎粉条，碗里漂着红油的汤冒着泡，羊肚丝缠着冻豆腐沉浮，一顿饭吃得身上暖烘烘。柳巷煤矿距离市区还有一小时车程，吃完了饭，我们马上起程前往目的地。

出租车驶入麻黄梁镇地界时，我特意降下车窗观察。想象中的煤灰漫天并未出现，冬天的榆林郊外，风中裹挟着萧肃和寒意，眼前景象彻底颠覆了我对传统煤矿的认知。灰白色调的门廊建筑低调内敛，唯有钛金门牌悬于门前。门岗两侧的樟子松林带在寒风中巍然挺立——这座矿井竟然有这么高的绿化覆盖率，园区围墙外的油松与远处高耸的筒仓构成奇异而和谐的画面。小唐转头对我低语："之前的材料里说柳巷煤矿去年已经完成了矿区生态修复。"

陈主任裹着件工装棉服迎上来："金融口的同志能来矿上，稀客稀客。"他递过印着华能LOGO的安全帽："年年上级单位来检查、调研、审计，来过这么多拨人，金融板块的同事还是头一遭。"寒暄间，我注意到整个厂区显得非常宁静，既没有人声喧哗，也没有工业噪声，跟商务写字楼比也不遑多让。我想起材料里学习到的新技术——全电动设备替代柴油机已然在大型煤炭企业落地推广，通过锂电池驱动的无轨胶轮车和电动采煤机，可以大大减少传统柴油动力设备的噪声。中国煤矿从"劳动密集型"向"技术密集型"转型升级，就这么具象化地展现在我面前。

调度中心全景

“要是早些年来，矿上哪儿有这么好的环境。”陈主任领着我们进入了厂区，“现在下井比逛商场还‘智能’，矿工定位精度能达到厘米级，应急广播能定向呼叫到个人。”这番调侃背后，是柳巷煤矿持续多年投资最终建成的智能化系统，涵盖多个子系统和传感器网络。

在调度中心落座，陈总指着墙上的电子大屏感慨：“以前我带调研人员下井，小伙子看见液压支架上厚厚的煤尘直皱眉。现在你看——”屏幕上，智能化工作面的实时画面中，液压支架排列如仪仗队，采煤机和皮带不停歇作业，井下实况一览无余。小唐则是对调度中心里的智控座舱啧啧称奇：舒适的人体工学椅，三个实时大屏，一个操作键盘以及手柄。看出了我们的好奇，陈主任解释道：“你们别不信，这个手柄和键盘就可以完成割煤，采煤操作有近程系统和远程系统，这个智控座舱就是远程系统。以前巡矿靠人工，一次要花一个多小时。过去矿工最怕‘三班倒’，现在地面的智控系统能观察和调整所有参数，能远程操控采煤，矿工快成程序员了，井下作业人数减少了，这么大的产能但咱们却只有几十个员工。”

井下运煤皮带出口

陈主任继续补充道："井下集控中心与地面调度室是实时联网的，采煤机、液压支架、刮板输送机、照明这些都一览无余，无死角、无盲区，还配有人员识别控制系统。"我听得连连点头，更是饶有兴致地"目击"了智能喷雾降尘系统的作业——采煤机切割煤壁溅起的粉尘被智能喷雾系统瞬间压制，消泯于无形。煤矿智能化工作面建设去年已经通过了陕西省的智慧矿山验收，界面上的华能蓝色LOGO似在发光，"蓝色"是中国华能标识的基本色，在华能的"三色"文化里，"蓝色"寓意着与时俱进、学习创新、面向世界。通过构建智能化开采系统及5G物联网络，实现煤矿生产全流程数字化管控，智慧矿山可以说是蓝色文化的实践载体，为中国能源行业智能化升级提供了华能方案，推动传统能源产业向科技驱动型现代工业跃迁。

近年来监管机构屡屡对煤炭企业开出环保处罚，金融机构也深刻认识到，在企业管理能力、财务状况、行业竞争等因素之外，环境风险也是能源企业重要的经营风险之一。我不禁向陈主任询问起环保生产工作的开展情况。陈主任表示，绿色生产理念已经深入柳巷煤矿各个细微的生产环节："这里曾有四座高污染燃煤锅炉房，已不符合当前国家环保政策的需要。为了积极响应国家环保政策要求，我们花了6个月进行升级改造，换成了电蒸汽锅炉。"陈主任示意我们注意电蒸汽锅炉的静谧运转。电蒸汽锅炉提供工业场地生产系统和生产系统辅助建筑用热，实现绿色能源供热，“彻底解决环保排放问题，响应国家节能环保政策”。除此之外，煤矸石综合利用也是重中之重：“我们与专业机构合作，将每年26.8万吨煤矸石100%用于废弃采石场生态修复，既解决了固废难题，又为榆林市新增了535亩建设用地。”我意识到，华能“绿色”文化从来不是纸上谈兵，它具体到一个锅炉、一块煤矸石的技术创新。华能“绿色”文化中人与自然和谐共生的理念，指引着柳巷煤矿在绿色化、低碳化上的探索。黑色矿山被视为“大地伤痕”，但此刻华能正以绿色文化为针、高新技术为线，在黄土地上绣出可持续发展的纹样，逐渐改写着“黑色”与“绿色”的对抗叙事。

我们一行人穿过联建楼的安全文化长廊，看到矿上员工正通过电脑终端调度无人装车系统。陈主任把我们领到筒仓装车区，这里有四个高大的装煤筒仓，每个筒仓下设一条车道，煤从车道上方的筒仓出煤口自动向对准口的运煤车倾泻，整个过程行云流水，前后不过三分钟。陈主任饶有兴致地给我们介绍了这套先进的智能无人装车系统：“一切都是线上完成的，每天早上煤炭交易市场开盘竞价，中午成交数据就推送给了矿上。司机收到电子提煤单后先在手机端预约。”他领着我们走到二号装车道，钢架上的红外装置正对着缓缓倒车的货车扫描：“这双火眼金睛能自动识别车辆位置，误差非常小，每个装煤煤堆达到一定高度，再配合车下的地磅，系统收集了高度数据和重量数据后，自动计算并向司机发出挪车指令，司机配合着前后挪动车辆，煤就能均匀地填满运煤车！”远处传来皮带机运转的轰鸣，陈主任掏出手机展示操作界面：“从前装车得几个工人忙活，现在司机扫个码，系统就像自动贩卖机出饮料——哗啦啦几十吨煤精准落进车斗，连煤堆形状都控制得跟一个模子压出来似的。”走过筒仓区，我们看见外面车道上，运煤的大卡一字排开、井然有序：“上这套系统之前，师傅们拉煤都得提前来厂里趴着，一扎堆就把路都堵了。你瞧，现在的拉煤师傅可以先预约排队，自主选择排队时间，手机里实时查看自己前头还有多少车，还要等多少时间，合理安排行程，跟餐厅等座位一样。”

我走到装车道外，提煤大卡的车队绵延开来，已经一眼望不到尾。遥想每年的迎峰度夏特殊时期，根据产业协同机制，提煤车辆就是从这里迅速装车出发，将柳巷煤矿的优质动力煤定向发往铜川照金电厂以及其他省份的电厂。陈主任给我展示了两封感谢信，分别来自榆林市榆阳区能源局和华能铜川照金煤电有限公司，信中对柳巷煤矿燃煤保供任务中的鼎力相助表示了诚挚感谢。在保供攻坚期，柳巷煤矿公司党委成立了“保供先锋队”，党员干部带头驻守装车车站，保证标有“华能红”的煤炭专列最终能点亮千里之外的万家灯火。我们一行人最后行至荣誉墙前，“华能集团先进集体”等多块奖牌熠熠生辉，旁边还陈列着“党旗领航、‘三色’担当”的红色展板。我深刻认识到，这些荣誉的获得绝非偶然，而是在保供攻坚战中用“战时机制”拼出来的，是真正的“军功章”。在急难险重的关键时刻，红色引擎全速运转，将“红色文化”融入能源保供全链条，真正地彰显了央企的政治担当。

目送提煤车辆驶离柳巷煤矿的大门，这次实地调研走到尾声，也到了我们该返程的时候。回过头来，筒仓外墙上的华能标识在夕阳下宛如跳动的火焰，让我心潮澎湃。柳巷煤矿将“三色”文化基因融入每个生产环节：红色基因在运煤皮带间传送，绿色智慧在矸石回填区生长，蓝色科技在井下实施传输的数据中流淌。这座颠覆想象的“绿色煤矿”，已然在黄土沟壑间点亮了新时代能源变革的星火。

我突然理解了中国能源革命的微观叙事——这不是简单的技术叠加，而是生产要素的全局重组，是工业文明与生态文明的时空对话。夕阳为矿区披上金辉，更像是华能集团在黄土高原上谱写的能源央企的时代答卷。我心里默默记住了一句话：“记得带更多金融同事来看看，什么是新时代的‘黑色黄金’。”■

华能陇东光伏

甘肃庆阳

庆阳市位于甘肃省东部，是陕甘宁革命老区的重要组成部分，被誉为“红色圣地、农耕之源、岐黄故里、能源新都、中国算谷”。作为全国唯一集西气东输、西电东送、南水北调、东数西算四大国家资源调配战略工程于一体的地级市，庆阳依托丰富的油煤气风光资源，推动能源优势不断转化。华能陇东能源基地是全国首个千万千瓦级多能互补综合能源基地，其以科技创新为引领，把“绿色”和“智慧”理念融入了基地规划、设计、建设和运营各环节。项目投产后，黄土高原上的烈日疾风转化绿电，通过特高压“闪送”至齐鲁大地，助力推动新时代西部大开发的同时，有力促进黄河流域生态保护和高质量发展。

“我第一次了解庆阳市，是在推进位于我国西北部能源‘金三角’的一个煤化工上市企业的项目上。在做区位优势分析时，我知道了庆阳被规划进了能源‘金三角’的重点区域。关于我与庆阳的故事，由此展开。”

——王茂竹

王茂竹，2013 年高考贵州省文科第 1 名，毕业于北京大学光华管理学院。曾就职于香港华为，2019 年加入华能贵诚信托有限公司，现任西南业务一部信托经理。

追风逐日，能动陇东

引子

提到甘肃省，大家往往最先想到的会是什么呢？是“千年佛洞千年画，万里驼铃万里沙”的东方卢浮宫——敦煌莫高窟？还是“不望祁连山顶雪，错将张掖认江南”的上帝调色盘——张掖丹霞？抑或是“天下雄关雪渐深，烽台曾见雁来频”长城最后的守望者——嘉峪关？也可能是“西出阳关无故人”和“春风不度玉门关”的丝路咽喉双子星——阳关与玉门关？古有无数驼铃声回荡的河西走廊，今有“神舟”穿杨升空的酒泉卫星发射中心，甘肃省拥有太多闪亮的名片。而当我乘坐动车穿过甘肃省最东部时，车窗外闪过的光伏方阵与层层麦浪仿佛在宣告：这片土地正在解锁新的身份。

中学地理课上，老师教我们如何在地图上辨认中国的各个省份，他说甘肃省就像一只向西奔跑的小恐龙，前脚“踢”在青海省，后脚“蹬”进陕西省。甘肃省那只伸入陕西省的后脚就是庆阳市，习称陇东，位于陕甘宁三省交会处，这里曾是“革命圣地”，诞生了西北第一个红色政权；这里还是“岐黄故里”，是中医鼻祖岐伯的出生地；这里更是“农耕之源”，周祖农耕与戎狄游牧在此交融。如今，这个地处广袤黄土高原腹地的“陇东粮仓”有了另一个称谓——“能源新都”。庆阳市作为我国第二大能源资源城市，不仅地底深藏黑色宝藏——煤炭与石油，还拥有得天独厚的风、光资源。正因如此，我国首个千万千瓦级多能互补绿色智慧综合能源基地，也是“陇电入鲁”重点配套工程——华能陇东综合能源基地落在此地。

庆阳，这座承载着千年文明的古城，正拥抱新能源，开启绿色发展新篇章。

千年庆阳：黄土高原的文明基因

甘肃庆阳，古称“北地”“原州”，“庆阳”一名，取自宋代政和年间，并沿用至今。庆阳市位于黄土高原西缘，历史悠久，人文厚重，是中华民族的重要发祥地之一。早在四千多年前，农耕文明便在这片土地上生根发芽！大禹治水的足迹曾经踏过这里，周祖先贤在此繁衍生息，中医药文化更是从这里发源。庆阳人民自古以来就善于利用自然资源，发掘出了许多具有药用价值的植物，随着时间的推移，中医药文化在庆阳得到了广泛的传承和发展，如今，庆阳已经成为中医药文化的重要研究中心之一，吸引着无数专家和学者前来探访和研究。

庆阳的文化脉络深远，镇原古城墙见证了烽火岁月，荔园堡道观依旧香火缭绕，泾川石窟中千年佛像静观世事变迁。更令人称奇的是庆阳剪纸，这门被列入世界非物质文化遗产的艺术，将黄土高原的粗犷与细腻融入一纸之间，诉说着岁月的故事。

但庆阳不仅是一个文化名城，更是一座能源之城。

在庆阳市西峰区的南佐遗址上，考古学家发现了距今5000年的仰韶文化晚期宫殿基址，这座占地600平方米的夯土建筑与现代能源基地的模块化厂房珠联璧合，共同演绎着人类对生态平衡的永恒博弈；庆阳博物馆的镇馆之宝西周青铜鼎上的云雷纹与华能正宁电厂控制室的数据流波纹时空交织，共同诠释着人类对能源的永恒追求；周先祖“教民稼穑”的传说与当代能源开发者“向光而行”的实践相互呼应，共同书写着人类向自然索取与馈赠的永恒命题。这种跨越三千年的对话，在庆阳这片“天下黄土第一塬”上不断上演。

红色庆阳：精神火种的文明燎原

在陇东黄土高原的褶皱深处，庆阳以其独特的地理坐标，成为中国革命史上不可磨灭的精神图腾。这片被子午岭林海覆盖的土地，不仅是西北革命的火种源，更是长征精神的传承带，其红色脉络如同黄河支流般蜿蜒交错，滋养着一代代中华儿女的精神血脉。当华能陇东综合能源基地的银色矩阵在塬峁间铺展，昔日的革命圣地正书写着新时代的能源史诗。

1930年秋，刘志丹率队深入南梁考察，在平定川老杨村，一位农妇连夜拔未成熟的荞麦为红军做面食，一句“只要闹红成了事，把心摘下来也舍得”的朴实话语，道出了陇东百姓对革命的赤子之心。在南梁革命纪念馆存放着红军用过的马灯，煤油火焰曾照亮过陕甘边区的黎明。如今，马灯不再亮起，但在纪念馆西北方向15千米处，华能正宁电厂接过这光明的使命。

1936年10月，红军三大主力在会宁、将台堡会师，陇东成为长征胜利的“句号”。会师楼以南200千米，华能陇东综合能源基地正在建设的不只是“绿电”，更是在续写红色传奇。

绿动庆阳：能源走廊的文明迁徙

庆阳地处陇东，能源资源极为丰富，地下蕴藏着约2360亿吨煤炭储量，占全国煤炭储量的4.3%，占鄂尔多斯盆地煤炭储量的11.8%，占甘肃省的94%，已探明地质储量227.5亿吨；石油资源储量78.8亿吨，占鄂尔多斯盆地的41%，已探明地质储量32.1亿吨，页岩油储量30亿吨；天然气资源储量2万亿立方米，占鄂尔多斯盆地天然气储量的10%，探明储量423亿立方米。而在地表，广袤的黄土高原在阳光下熠熠生辉，地势高亢的丘陵地带，风力强劲且稳定，形成了良好的风场条件，为光伏和风电的开发提供了得天独厚的优势。

过去，庆阳的能源产业以传统煤炭和石油开发为主，经济增长依赖化石能源。然而，随着国家“双碳”目标的提出，庆阳正在经历一场深刻的能源变革——从“黑金”向“绿能”跨越。这场变革的核心推动者之一正是中国华能集团。

华能在庆阳的布局，不只是单一的新能源项目，而是一个实现“风光火储输”一体化、全方位、立体化的综合能源基地。建设伊始，华能就以科技创新为引领，把“绿色”和“智慧”理念融入基地规划、设计、建设和运营的各环节，在国内首创“风光共舞”模式，技术全球领先。基地规划建设600万千瓦风光综合新能源示范项目和200万千瓦调峰发电机组，并配套一定容量的储能，成为世界最大的风光同场项目。投产后，黄土高原上的烈日疾风，每年将转化为140亿千瓦时绿电，并通过特高压“闪送”至齐鲁大地，既为西部大开发注入澎湃动能，更以清洁能源守护黄河安澜。

风起陇东：超高塔筒风机的突破

在西峰区和镇原县的丘陵地带，成排的白色风机迎风转动，白色塔筒如凝固的云柱，叶片旋转似弹奏苍穹的琴弦；当风速达到12米/秒时，风机的“琴声”与庆阳皮影戏的韵律将产生美妙和鸣。华能在此建设了甘肃首个超高塔筒风电项目，风机塔筒高度为160米，比常规风机高出30%以上，叶轮直径超过170米，能有效利用低风速区域的风能，提高发电效率。

一个又一个直插云霄的白色风机不仅是庆阳的地标，更是华能技术创新的代表。这项技术的应用，让原本风能资源利用率较低的地区，成功转化为优质风电场。据测算，该风电场年均可提供近10亿千瓦时的清洁电力，相当于减少二氧化碳排放约80万吨。

光耀黄土高原：智能光伏技术的应用

在环县和合水县，大片的荒山上整齐排列着光伏板矩阵，如同蓝色海洋，与明代长城遗址构成独特的时空坐标；在宁县盘克镇的移民新村，青砖灰瓦的陇东民居与屋顶的光伏发电板相映成趣。这些太阳能板采用华能自主研发的AI智能跟踪技术，能够根据太阳的角度自动调整倾斜度，从而使得光伏发电效率提升了15%以上。

此外，华能陇东光伏项目结合“农光互补”模式，在光伏板下种植耐旱作物，如黄芪、党参等中药材，实现光伏发电与农业种植的双赢。这不仅提高了土地利用效率，还带动了当地农民增收，使新能源产业与乡村振兴相结合。

华能陇东能源基地——风光同场

"风光火储输"协同发展，提升能源安全性

除了新能源，华能还在庆阳布局了一座超低排放燃煤电厂——华能正宁电厂，采用国际领先的超临界燃烧技术，提高燃煤利用效率，降低污染排放，发挥灵活调节和兜底保障作用，解决大规模新能源发电存在的间歇性和波动问题，保证电网安全稳定经济运行，助力构建新型电力系统。

不仅如此，正宁电厂还承担了二氧化碳捕集、利用与封存（CCUS系统）示范项目的建设运营，该系统是目前国内实现化石能源低碳化利用的唯一技术选择，也是我国实现"双碳"目标所必须采用的关键技术。在陇原大地上，一座科技灯塔正刺破传统能源的雾霭，钢铁脊梁在零下20摄氏度的极寒中淬炼，碳捕集项目党员攻坚队将初心熔铸成冬日暖阳，他们以风雪为墨、冻土为纸，用保温棚织就银色铠甲，让增温装置迸发热血温度。在2024年霜降次日的晨曦中，CCUS项目建设顺利完工，该项目也成功入选首批中央企业科技成果应用拓展工程项目。

2024年12月25日，华能陇东综合能源基地新能源配套储能项目在环县正式开工建设（这也是目前国内最大的电化学储能项目）。该项目按照新能源装机容量的10%、4小时规模配置，总容量600兆瓦/2400兆瓦时，分为两个场址建设，每个场址建设1座300兆瓦/1200兆瓦时电化学储能电站。项目建成后一次充电可储存约240万千瓦时电量，最大可满足48万户居民一天的用电需求，在有效解决新能源消纳、提升电力系统灵活性等方面发挥重要作用。

"陇电入鲁"是国家"十四五"规划纲要、黄河流域生态保护和高质量发展规划确定实施的重大工程之一，而华能陇东综合能源项目是"陇电入鲁"重点配套电源。子午岭深处的特高压变电站的钢结构支架与红军长征经过的老窑洞形成时空叠影。这条"西电东送"通道每年输

送的600亿千万时电，相当于减少燃烧2000万吨标准煤，这些数字若被转化为庆阳香包刺绣的丝线长度，足以绕地球120圈。当泉城广场的灯光随庆阳风电波动而变化，这个跨时空的灯光秀正在诠释“能源互联”的文明新形态。

交付能源转型与社会责任的完美答卷

华能的到来，不仅带来了新能源技术，也带动了当地经济社会的发展。

在保护生态方面，华能正宁电厂的百万千瓦机组与董志塬苹果园构成生态闭环，脱硫石膏制成的钙肥让红富士甜度提升1.2度，粉煤灰改良的盐碱地长出了优质牧草。华能以现代能源技术向传统农耕文明深深致敬。

在治理环境方面，华能采用“光伏+生态修复”模式，在矿区复垦的土地上建设光伏电站，同时种植植被恢复生态，“边开发、边治理”，确保能源发展与生态环境和谐共存。

在促进就业方面，在新能源项目建设过程中，华能优先雇佣当地劳动力，直接创造了超过5000个就业岗位，间接带动了相关产业链的发展。同时，华能还与西北师范大学、甘肃能源学院等高校合作，培养本土新能源人才，为庆阳打造专业化的能源产业队伍。

此外，华能还在庆阳开展光伏公益项目，为偏远山区学校捐建离网光伏电站，解决贫困地区的用电难题，让清洁能源点亮乡村振兴之路。

华能陇东综合能源基地在向世人证明：能源革命不是冰冷的技术堆砌，而是用智能科技守护绿水青山。

金融活水，绿色接力

站在海拔1600米的观景平台，远眺层峦叠嶂的黄土高原，我忽然懂得：能源开发从来不是征服自然的战争，而是文明形态的嬗变。当华能电力工程师前赴后继在能源领域攻坚克难，他们与5000年前在塬上播撒种子的先民，同样在探寻人与自然的和解之道。这片土地上的每一度电，都在讲述着文明传承的密码，都见证了人类向更高文明形态的跃迁。

我也在思考，身为华能金融人，该如何接力这场绿色革命？能源电力行业是典型的资本密集型行业，产业链长、资金需求大、投资周期长。作为华能集团下属信托公司，充分利用信托灵活的制度优势、广泛的业务范围以及较强的资产管理能力来支持主业发展是我们的使命。

自重组以来，贵诚信托一直坚持“依托集团、服务主业、产融结合、以融促产”的发展方向，不断加强对集团及其产业链企业金融服务需求的挖掘，积极创新服务模式，通过资产证券化、股权投资信托、并购信托计划、产业基金等“金融工具箱”实现产业痛点靶向破局。如针对新能源项目融资周期错配问题，可以将20～30年运营期收益进行拆分，滚动发行资产支持证券，提前变现资金，提高资金使用效率；针对传统煤电资产盘活困境，利用资产证券化、股权投资信托等方式，帮助高杠杆企业降低资产负债率，优化资本结构，避免财务风险。

此外，贵诚信托持续强化与集团主业的相互赋能融合，致力于构建产融协同发展新格局。公司长期深耕于高端引领型产业金融服务业务领域，清洁能源板块是公司重点布局的赛道，我们投入了大量的人力和物力去深入研究产业、企业，紧密跟踪行业发展，所服务的客户都是清洁能源产业链上下游的优质企业，这些都将与集团主业形成较强的联动和协同效应。我们既可以在产业认知、项目运作、资源共享、客户引荐等方面助力集团主业高质量发展，又可以充分利用集团公司品牌优势和行业地位，努力拓展公司清洁能源生态圈，逐步探索和构建具有华能特色的清洁能源产业平台。

结语

庆阳，这座承载着千年文明的古城，正因华能的到来焕发新生。从农耕文明到能源新城，庆阳的蜕变，正是中国能源转型的缩影。而中国华能将发动绿色引擎，以其卓越的战略布局、科技创新和社会责任，推动更多土地走向绿色未来；贵诚信托，也将紧紧围绕产融结合、服务实体的永恒命题，用金融的力量，奏响新能源的交响乐。

追风逐日，能动陇东！华能与庆阳的故事，已拉开序幕；碳路先锋，绿动未来！华能的绿色转型之路才刚刚开始……■

滄江橫翠
雲生蜀道九回腸

按语

沧江横渠，云绕蜀道，九回肠处展新篇。本章引领我们穿越山水之间，探寻西南沃土上的深情与贡献。

蜀道蜿蜒，太平驿旁，岷江奔腾处藏着不灭的星火，太平驿水电站三次浴火重生的故事，在汶川破碎山河间书写着“人定胜天”的注脚。澜沧江畔，江水滔滔，三座水电站串起江河日记，三次跨越时空的携手见证着金融力量与水电发展的深度融合。

韭菜坪上，长风漫过，阿里西里韭菜坪的风车群犹如银白色巨人，用旋转的叶片丈量着时光的厚度。湘黔之地，云上花开。一位扎根黔地三十余年的财务工作者，从跟随“三线建设”父辈拓荒的少女，成长为产融协同的践行者。

本章是山河的X光片：韭菜坪的云雾漫过太平驿闸门，澜沧江的涛声应和蜀道塌方段的钢钎回响。从云端风车到地底厂房，从塌方路段到重建教室，所谓“九回肠”，不是曲折的命运，而是能源长河永远向前的九曲柔肠。

5.12汶川特大地震
震中位置
EPICENTRAL LOCATION OF "5.12" WENCHUAN EARTHQUAKE
"5.12"汶川大地震的宏观震中位于映秀镇百花大桥之上的牛
圈沟口至莲花心与漩口镇的蔡家杠村之间，面积约4平方公里。大
地震发生时，从"莲花心"爆发出来，其声震耳欲聋，烟雾弥漫，
从瀑布口处迸射出的震源石直接撞到对面山体上形成一个百余米高
的冲击坡，固体流石反弹后又继续向下冲击山沟另一面形成冲击
坡，几经反复在牛圈沟形成了一个宽约130米，长约800米，厚
80米左右的岩石堆积区。此景象让人深刻地感到地震的冲击力量，
沟内现在还堆积着地震时从地壳中喷出的几百万立方米的碎石，这

四川阿坝

“太平驿”之名，既延续了古代驿站的交通意象，又承载着现代能源工程的使命。华能太平驿水电站，位于四川省阿坝藏族羌族自治州汶川县境内，距成都市约97千米，是岷江上游梯级开发的第二个梯级电站，也是华能集团自主投资建设的第一座水电站。在2008年“5·12”汶川特大地震和2013年“7·10”、2019年“8·20”以及2023年“6·27”三次特大泥石流灾害中，太平驿水电站均遭受不同程度的损毁。但面对极端自然环境和复杂地质条件，太平驿水电站岿然屹立，演绎了气壮山河的涅槃重生。

如今，汶川的故事仍在这片土地上顽强延续。错落有致的羌寨民居掩映在青山绿水之间，碉楼与生态果园相映成趣。这座曾见证自然与人文交融的土地，正以清洁能源为笔，书写着生生不息的文明长卷。

“十一年前，我曾前往汶川参与‘7·10’特大山洪泥石流抢险。十一年后，因参加第三届华能集团公司优秀党务人才选拔，前往华能太平驿水电站调研。险山急水之间，日夜奔流的，依旧是愈挫愈强的精气神。”

——李星野

李星野，2005 年高考浙江省文科第 34 名，德清县文科第 1 名，本硕均毕业于北京大学，获答辩总分第 1 名、优秀毕业论文。曾就职于交通运输部、中国建设银行、中国国新，在四川省汶川县挂职，参与“7·10”地质灾害农村公路水毁调研，获得全国党建研究会调研课题优秀成果一等奖。2024 年加入华能贵诚信托有限公司，现任党建工作部副主任（主持工作）。

蜀道三遇太平驿

楔子

岷峰伏脉汇激湍，汶水东出沃蜀川。

清溪难为应龙腾，浊浪偏教禹舟翻。

天崩地解缘旧痛，石走沙飞又新酸。

岂求灵鹫金字帖？众心根固太平山。

——癸巳暑行汶川过映秀银杏道中所题

2013年7月，我因一场突如其来的泥石流，奉命前往迭经创伤、受灾最重的汶川，参与“7·10”特大山洪泥石流灾害农村公路水毁复建工程调研。彼时的我，还在交通运输部工作。此行，我与4名同事一道，分别前往阿坝藏族羌族自治州汶川县交通运输局和州公路管理局汶川公路管理分局，就地开展工作。

汶川县“7·10”特大山洪泥石流灾害灾后现场

“5·12”地震后，汶川各类次生灾害的频率与强度逐年加剧，特别是震后山区形成了大量崩滑堆积体，为岷江上游泥石流的发育提供了松散物源。据统计，在震后的6个水文年里，汶川地区泥石流灾害频发，尤以2013年7月这次为最大。

入夏的四川，既闷且潮，这多半与那年频繁的降雨有关。在成都中转时，我们遇到了前来省厅对接的阿坝州的几名干部，大家在微雨中互致问候。有2名同志是从州府马尔康下来的，三百六十多千米的路程，他们走了近两天，没有现今通达的汶马高速（直到2020年底才通车）加持，沿途的道路水毁更加剧了行路的艰难。一场密雨，对平原泽国而言，是甘霖，是渔汛；但对处于山间峡谷地带的汶川而言，那就是震后更加频繁的山体滑坡风险和洪水泥石流多重灾害叠加酿成的“孤岛”之困。

更何况，这次摆在我们面前的，是岷江流域自1937年有气象记录以来遇到的最强的一次降雨。进入7月以后，汶川县境内连续遭受强降雨袭击，特别是“7·10”大暴雨，全县大面积暴发山洪泥石流灾害，导致100%乡镇受灾，90%以上的群众和村寨不同程度受灾。此次灾情之重、受灾之广、程度之深、损失之大，是“5·12”以来汶川最大的一次气象地质灾害，为历史所罕见，全县因灾直接经济损失达46亿余元，五年灾后重建和发展振兴的存量和增量均损毁严重，仅凭县级财力和全县干部群众自身努力无法短时间内实现生产恢复、产业振兴、家园重建。我们于此时前来，也是与省厅、州局的同志一道，评估相关道路工程所需缺额资金和应急政策保障情况。

因为阴雨，道旁林立的银杏，让湿润的成都复添了一层氤氲的翠色。王维说：“文杏裁为梁，香茅结为宇，不知栋里云，去做人间雨。”只是如今这雨，却显得不合时宜，不仅让人失去了领略夏日浓荫匝地的机会，也教人减了欣赏锦城岚雾重重的兴致。每个人热情的眉宇间，都隐隐缠绕着如天色一般的阴郁，既为那百里外同样阴沉难测的天气，也为即将开始的这段不可知的行程。

在与州里同志的谈话中，我听到了他们来程途经映秀时发生的一段前曲：车辆刚出银杏隧道口不远，便听到后面“轰隆”一声巨响，硕大的山体崩裂出数块落石，随烟尘滚滚直往大路而下，冲过护栏，落进了奔腾的江水之中；而前方边坡之上，碎石流已如数股细瀑，应着落石的巨响，沿山而下。所幸，他们紧忙加速通过了这段路面，没有造成人车伤损。而他们沿途所见，俱是泥石流对道路及沿线基础设施的损害。“300多千米的农村路，几乎全毁了”“草坡、桃关沟、毛家湾、兴文坪几处大桥也都断了”“映秀湾、太平驿电站又被冲了”，灾害近乎以全面宣战的姿态，攻击着这片脆弱的山水。我也是第一次听到，在距离映秀不远，有个叫“太平驿”的地方，那里，还有一座华能修建的水电站。

太平驿，或是昔年朝廷由四川盆地往来川西高原间所置的驿站，如沿线的松驿铺桥道、镇夷关驿、桃关驿等地名均属此类，其驿址已不可细考；取名“太平”，或许与北京将“无定河”改名“永定河”一般，求平安稳定之意。单就水文而言，岷江上游之水进入汶川后，沟谷支沟水系发达，经桃关沟、彻底关沟、野牛沟、磨子沟等流域补给，河道渐阔，水量渐大，这样的地方，古时可作车马馆驿之所，而今时，也当有借水兴利之便。伴随着国家对岷江流域的科学开发，华能太平驿水电站就坐落在这里。

因未及亲见，当时的我并不清楚这座水电站经历了怎样的磨难，只知道，在灾情报告不断累加的数据里，它必然是这场天灾投射到个体困境下的无数缩影之一。

直到，我亲眼看见了它。

一遇 · 蜀道难

岷江的水，出了汶川的山，便汇入紫坪铺水库。

由水库而下，便到了都江堰。过了都江堰，便是成都。

“三垴九坪十八关，一锣一鼓上松潘。”传唱在川西地区的《松游小唱》，形象地描绘了茶马商队从都江堰灌县西关一路向北，经汶川、茂县，沿岷江河岸直达松潘古城的画面。而这条自唐代起便成功连接起成都平原和松潘草原的“松茂古道”，也是国道213线“九环线”路段（连通成都与九寨沟）的基线。

与省厅作了必要沟通后，我们立即从成都出发前往汶川，准备沿线先去了解国道水毁情况。车辆沿着岷江一路溯源向北，行驶在国道213线上，与我们并行的，是全线贯通不过半年的都汶高速。这条起于都江堰市、经震中映秀镇至汶川县城威州镇、全长不过82千米的高速公路，历经19年方才全部修成。

在去汶川以前，一位和国家公路网打了半辈子交道的老工程师向我说过，汶川县境多属于海拔1500~3000米的高半山地区，从汶川往北更属于高寒山区，平均海拔在3500米以上。沿线山势崎岖、地质复杂，地层岩性条件脆弱，滑坡流沙、幽谷泥沼无所不具，相比较其他同海拔地区，在规划同等级公路时，要求更加复杂，相应设计施工难度也变得更高。

新中国成立前，包括汶川在内的整个阿坝地区未有一寸公路。交通运输纯靠人背畜驮，百姓出行也仅凭两条崎岖逼仄的古驿道勉力支撑。沿线鹧鸪山、查真梁子、海子山、阿依拉山海拔都在4000米上下，终年积雪，环境险恶，比之李白笔下“地崩山摧壮士死，然后天梯石栈相钩连”的绝境，不遑多让。新中国成立后，党和政府历时4年零8个月，终于在1955年11月修通了阿坝地区第一条现代意义上的公路，即全长506千米的成阿公路（成都市至阿坝州）。不为大众所熟知的是，这条路得以在短时间内全线竣工，是以牺牲191名筑路人员的代价换来的，平均每推进两千米半，就有一名筑路英雄为此付出了生命。

我眼望着窗外并行移动的山峦与护栏，以及迎着车头向远方无限延展的沥青路面和覆照其上的层层峭壁，心中不由感慨这“人定胜天”所蕴含的壮烈与艰辛。

车子行驶得稳且快，司机是县里安排接我们进山的羌族同胞。在高速还未修通之前，他就已经在这条线路上跑了十余年的车了。我不由夸赞起他的经验。司机却谦虚起来：“不敢撒，好的司机师傅，离不开好的道班师傅呦~”

他口中的“道班”，就是公路养护道班，是属地公路局在一定路段范围内，为进行道路日常保养和维护而建立的作业小组，一般由十余人组成，养护路段长30千米~50千米。道班需要经常巡回检查，及时修理公路各部分的微损，维持路面平整清洁，保持相关功能设施运行稳定。我这才注意到，车已沿着山崖河岸行驶了数十千米，道路虽布满雨渍，却不见一处落石。

车过映秀，震中遗址在岷江边巍然矗立。在频繁的灾害中，映秀并没有得到足够的喘息。此次山洪泥石流，让国道213线、317线和映汶高速一度中断，沿线隧道阻塞，直到我们来之前，近万立方米的塌方体才清理完毕，但零星滑坡仍时有发生。我们没有停留，计划继续沿着恢复通行的国道了解情况，以便在第二天下午召开的工作会议上有所讨论。

车随山走，山以江开。故老相传，汶川是大禹的故乡。“飞沙岭连飞沙关，岩刊石纽山，相传夏后诞此间”的唱词，由羌而汉，传诵至今。县境内绵虒镇飞沙关附近的石纽山“刳儿坪”，相传即为大禹的出生地。这位被列为华夏初祖之一的神祇与人王，被指剖腹而生，一生与水结缘。

《吴越春秋》里“家于西羌，地曰石纽”的记载，与汶川群山间三十余处禹迹石纹互为注脚。在县境内刳儿坪这片海拔1600米的缓坡台地上，土层至今泛着暗红。风中摇曳的传说浸透禹王胎血的草叶，裹挟着远古的先声。羌民将“洗儿池”水底的红石，视为华夏文明的胎记，也把它们作为英雄血脉渗入山河的符印。当李德裕、于右任等历代文人攀上陡峭关梁，他们看到的，已不仅是“山川形便”的地理奇观，更是华夏文明初啼时“九州攸同”的精神图谱。

望着从远古奔流至今的江水，我不禁遐想，或许，也只有这桀骜不驯的岷江，才能唤醒这位先祖战天斗地的基因，引导他从汶川开山劈石，驱青龙、伏白猿，将华夏文明的种子播撒至茫茫禹迹的九州之地。

车子继续向前。岷江在汶川的峡谷中奔涌，将山峦切割成叠嶂的屏风。江水在脚下渐成一线，原本分列两旁的远山，如合掌一般，迎面而来。在我们前方，就是一路的明洞和隧道群。所谓明洞，也是广义上的隧道，主要用于易遭受坍方、落石、流泥危害的隧道洞口或路堑地段，带拱为拱形明洞，平顶则为棚洞，其造价一般比隧道要高，非必要不会轻易设置。而在映秀到威州一路，我们就经过了四个大型明洞、多个小型棚洞和十几座隧道，可见当地地形、地质的复杂。

我们顺利经过了较易形成阻断点的烧房沟明洞和著名的“老虎嘴”路段，却在麻柳湾明洞前停了下来。那里，正是前几日州里同志经历的滑坡现场。此时，山上滚落的几块稍大石头已被移至一旁，但近3米高的碎石堆仍半掩着入口，遮住了刷着红色藏族纹饰的门洞；一台挖掘机正在隧道旁的乱石堆上作业，对可能再度滑落的山石进行着清理。也就是说，我们从成都出发的时候，这里，又发生了一次中型规模的滑坡。

现场抢修的负责同志向我们介绍了情况，表示正在对通道进行安全加固，清除再度滑石的隐患，请我们稍等通过。在我们前面，几辆工程车运载着建筑材料也等待着通过狭窄的便道。负责的同志解释，那是为抢修前方太平驿水电站所运送的材料。“县里有命令，要尽全力打通饮水和供电设施的保障路！”我们的车放慢了速度，随着工程车继续向北前行。

滔滔的岷江水，将山崖雕刻出冷峻的弧度。距离成都已97千米，位于映秀上游约9千米，属银杏乡辖区的太平驿水电站，就这样兀然出现在我们面前。

在一片雨雾中的电站显得隐隐绰绰，但隔着江面仍可感受到山洪与泥石流对厂区生产生活秩序造成的干扰，这与我们经过映秀湾电站时了解到的场景差相仿佛：因流域暴雨洪水致使流量激增、水质恶化，电站多半会采取停机避峰；但停机后不断淤积的泥沙和随水而下滞留的漂浮物，会对后续进水沉砂池的清淤工作和水轮机恢复运转造成许多不利影响。

我们未及停留，经毛家湾隧道一路向北，在距离站址约15千米处的彻底关附近，水电站的首部枢纽建筑——太平驿大坝赫然显现。前方，由花岗岩组成的灰白坝体如卧虎一般，横亘在连绵奔涌的江水之上。一侧的山体仍留着大面积滑坡所形成的断面，如同一大片深褐色的疤痕，与周边葱郁的山色显得十分违和。由主沟泥石流冲泄而下的砂卵石、泥夹石将太平驿大坝与山体断面不自然地衔接在一起，也在不远的河道处形成了一处庞大的堰塞体。在我们看不见的地方，大坝水工结构、闸门和机电设备应该都有不同程度的损毁。

这不是太平驿水电站经历的第一次磨难。就在5年前，因为站址不幸地处震中附近，汶川大地震剧烈的震荡波冲击了这座当时已平安运行十余年的电力设施。地震造成4名员工遇难、98名员工受困现场，电站大坝、厂房、发电机组、输电线路等遭受重创，引水隧洞、调压井、厂区枢纽严重震损，尾水出水口被彻底封堵，四台发电机组全被倒灌的岷江尾水淹没，水淹到发电机层以上60厘米，淹没时间超过40天。正是在这样的困境下，华能集团公司与华能四川公司不放弃一名员工，也不放弃任何一个救险机会，在尽全力调度组织资源，配合军地各方面的大力救援和现场员工的积极自救下，水电站取得了员工脱困、大坝抢险、河道排险的最终胜利。

麻绳专挑细处断。“5·12”的强震，不是厄运的句号，而是后续一系列次生灾害的冒号。2012年8月发生的泥石流灾害让水电站再遭创伤，而2013年7月这场暴雨以及紧随其后的特大泥石流灾害，让好不容易从“5·12”“8·14”灾难中迎难自救的电站，三度遭受发展的考验：电站大坝、开关站、生产生活设施又一次遭受了损毁。当我们见到它时，电站已被迫停止生产数天了，抢修工程也在一片灯火中夜以继日地进行着。

大禹疏导九河的智慧，为华夏注入了“遇强则强”的基因。他不追求与洪水的野蛮搏杀，而是倡导“乘四载，随山刊木”的顺势而为，和“居外十三年，过家门而不敢入”的集体牺牲，这种基因随岷江而下，既镂刻成了都江堰鱼嘴分水的完美弧线，也化作了太平驿混凝土坝体上的自强之光。

每一次灾难，都没有让太平驿水电站放弃转动向命运抗争的涡轮。从同行的省厅对接水利水电工程的同志口中，我复原了这座水电站在震后的“重生”拼图。

2008年5月，水电站大坝抢险突击队在强震后成功打开3孔泄洪闸门，在洪峰来临前排除了险情。7月，震后不足两个月，工程技术人员又经映秀徒步到达水电站和绕道翻越夹金山、梦笔山回到大坝现场，对设备设施进行检查评估。9月，工作人员不分昼夜轮流守候在厂房观察水位和水泵工作情况，在30天的时间里成功抽排了恶臭不堪的厂房积水。2009年1月，大坝第一次在震后承受压力，顺利到达预定的1078高程，实现了震后成功下闸蓄水。之后，涅槃重生的水电站相继在半年之内，实现了首台机组启动成功，2、3号机组分别完成修复带厂用电运行，具备了再度并网的条件……

从诞生的那一刻起，太平驿水电站就有了自己的历史担当。在1991年“七一”建党节的那天，电站开工建设。这是岷江上游第二个梯级水电站，也是华能集团第一座自主修建的水电站，被列为国家“八五”重点建设工程。在历时4年半的建设后，电站全部机组于1996年2月1日并网发电，实现了向四川省供电的建设目标。作为第一家进入

太平驿水电站首部枢纽开工

阿坝州少数民族地区的能源央企，华能将“建设一座电站、造福一方百姓”的诺言刻在了岷江两岸。按照设计初衷，太平驿水电站装机容量为26万千瓦（4台机组，每台6.5万千瓦），保证出力10.5万千瓦，年平均发电量15.3亿千瓦时。近30年来，它为振兴藏羌民族区域经济发展作出了巨大贡献。

电站的命运，已与这片山水的兴衰紧密相连。

山雾四合，云岫复起，即将入夜的天空又密密地下起了薄雨。远处的险峰在一片云遮雾绕中，显得既绰约又狰狞。我们在让行后至的几辆工程车后，看到了仍在不懈自救的太平驿大坝，准备继续前行。这时，县局同志却接到了一个突发情况：在草坡隧道附近，又出现了新滑坡，造成了路面断阻，挖掘机正在赶往现场。

这意味着，我们今天赶到县城的计划需要调整。为了安全，我们决定暂留银杏乡待明日抢通，再次前进。

在路上，车灯将细雨打成了万千丝线，大坝在雨幕、江水与碎石的挤压中，冷静而坚韧。这是我第一次远远地看到被灾难冲击的太平驿水电站。那划过心头的震颤与感怀，也将在当夜的银杏，找到又一个落点。只是，当时的我浑然不知，这仅仅是因缘即会的序章。

二遇·英雄会

歇脚银杏乡的计划，是正确的。在折返路上，我们遇到了还在参与明洞碎石清理作业的道班队伍。这是属于映秀公路养护站的一支工作小组。

为了方便抢险车辆通行与装卸，道班工人已随同抢通队伍进入银杏乡区域，第一时间为进入太平驿厂区和坝区的车辆清理出了通道，同时也加固了几处小型棚洞的设施。

在银杏乡兴文坪，汶川公路分局设置有养护站。屋里的西墙被潮气泡开了好大一块墙皮，打卷的日历上，日期仍停留在7月10日。在这里，我遇到了前来参加调度会的映秀公路养护站的老站长。

他的双手黝黑粗糙，茧面反衬着钨丝灯的光晕，鞋面布满了泥点，已分不清原来的颜色。我望了望门外依旧飘雨的山道，问他，这几天能休息吗？“只要晚上下雨了，就睡不着，生怕路断了……真断了，不通了，大家都着急，埋怨我们怎么耽搁了……我们也难，靠机器？使不起。靠手啊，挖开来……要说最开心的事情，就是抢通的那一刻，那些经过的司机和乘客向我们挥手表示感谢……已经很知足了，嗯，很知足了……”他拿起满是泥点的水杯，喝了口浑茶，咂着嘴笑道。而我竟不知，就在前几天，映秀公路养护站自己的房屋已遭灾坍圮，工人师傅们甚至来不及清理所剩的物品，就匆匆赶往抢通的路上了。

老站长是亲历过“5·12”“8·14”道路抢通现场的人。在他的记忆中，从老虎嘴、烧房沟，再到麻柳湾、皂角湾、彻底关这一路，几乎每个汛期和雨季都留下了道班工人师傅们用脚丈量的足迹。在与他的交谈中，我也了解到了关于太平驿水电站的更多往事。

在“5·12”特大地震灾害发生后，岷江两岸一度交通断绝，原本横架在岷江之上的都汶公路跨江彻底关临时钢桥，也因震荡和超负荷使用成了危桥。太平驿大坝为此承担起了不属于它的特殊职责：从2008年12月起，为支持灾后恢复重建工作，确保都汶公路交通生命线的安全畅通，太平驿大坝被开辟作为都汶公路跨江的临时主要通道，每天都有数千辆运送人员、物资的重型车辆通过坝体往返两岸。

阿坝州政府对此曾高度评价：“华能以一个负责任的国有大企业形象，为阿坝州灾后恢复重建的顺利进行、为彻底关临时钢便桥和人民群众生命财产安全作出了极其重要的贡献。”

当时，老站长和他所在的班组，也曾多次往返于这座临时大桥参与两岸作业。“当年它（指的是太平驿大坝）帮过的忙，今天该我们帮忙了。”说这句话的时候，老站长坐直了身子。

身处抢险一线，关于太平驿的许多故事在当地被广泛传播着，也成为“5·12”亲历者们的集体记忆：有一位水电站职工，曾三次作为大坝抢险突击队进入坝区抢险，而他在地震中先后失去了父亲和儿子；有一位水电站职工，他的妻子埋在废墟里100多个小时，他用一遍遍的呼唤声守护妻子直至平安获救；又有另一位水电站职工带领厂区小分队逆境突围，及时传递了自救信息……

尽管未曾亲历，但灾难带给人的震撼，以及人不向灾难屈服的抗争，却让那晚的我，如同置身历史的现场，与那一个个攥紧的拳头，一道道坚毅的目光，指向同一个方向——太平驿。

翌日清晨，我们收到了道路恢复通行的信息，在山风吹雨中继续前行。终于在当天中午前，我们赶到了此行的目的地，汶川县治所在的威州镇。

威州镇位于汶川县东北部，在震后由广州市提级对口援建。杂谷脑河和岷江在此合流，在保子关山脊的“广州亭”内，可以看到两水并流、青绿激湍的壮阔风景，更可以凭高视下，俯瞰威州全镇。

明人谢士元在《过威州》一诗中，曾用“马乘危栈空中下，人挟飞仙树杪行”描述行经汶川县城的险峻路况。此时，洪水虽已渐退，但如被利爪刮蚀的边坡、被断续冲毁的路基、被拦腰截断的河桥和被层层黄泥半掩的桥墩，仍暴露着这座危城无法愈合的伤口，仿佛回到了500多年前那个令人心悸的场景。

我们没有丝毫停留，与相关同志一起，参加了当天下午在县交通运输局召开的工作协调会。

对整个开会的过程，我记忆犹新。这简直是一场语速飞快的辩论大会。我的笔头几乎跟不上参会同志急速奔进的思维。会议设置了17项议题。这个人口近12万人的县，遭受了地震、暴雨、滑坡、泥石流等多番磋磨，面临着太多和“老天爷”掰手腕的问题，包括道路、能源、通信、水利、供水，哪一个都是难啃的硬骨头。在会上，我们拿到了一份厚达110多页的《汶川县“7·10”特大山洪泥石流灾害灾后恢复重建基础设施建设规划实施方案》，其中第二部分即是“能源系统灾后重建规划”，在第一章“水电能源基础设施受损状况”里就详细介绍了包括太平驿水电站、映秀湾水电站、草坡水电站在内的多个县域水电设施的水毁情况。

“保通”，是一切救灾行动的前提。在长达8页的完工、未完工、计划必须完工的交通项目统计表内，来自全县6个镇8个乡林林总总包括水毁修复、国道建设、农村公路通达等项目分门别类地罗列其上，我们的目光尚不及全部，而会议已展现了基层工作最为直接的状态：大到国道213线都汶路代建，小到硬化1千米村口道路，都是须被逐一攻克的难题。在这个挤满各科、各股、各村负责人的会议室里，问题与回应，你来我往。

开一场会，当然不足以了解基层管理的全部；但它作为一扇窗口，却让我看到了百业艰难下的自强自济和管理丛脞中的临危应变。不开会，不知一线工作难；不讨论，不知群众办法多。

知易行难。此行，我还要从威州镇继续出发，踏勘县域内震后重建的农村公路遭水毁的情况，并与当地同志一道，研究灾后保通和道路基础设施重建工作。一个月之间，我们依岷江溯源而上，过山道，走河谷，进藏乡，访羌寨，共计踏勘了汶川六镇中的“五镇”：威州、漩口、映秀、水磨、绵虒（卧龙镇因处于卧龙保护区未进入），八乡中的“七乡”：三江、雁门、克枯、龙溪、白花、草坡、银杏（耿达乡因处于卧龙保护区未进入）。我们几乎保持着“每两天必下乡一天”的频率，如雁门乡麦地沟村道、克枯乡克枯村道等损毁严重的农村道路，我们从头走到尾直至绝境，且往返不止一次。

在麦地沟村，因为暴雨叠加山洪泥石流，河床被整体垫高了近6米；河道宽度也由原来的3米，变成了可怖的20米！在上游形成的滔天大水，完全冲毁了汶川县境内7座桥梁；沿江而下的澎湃水势，也让包括下游草坡、福堂、太平驿、映秀湾在内的多个挡水、取水及发电的水工建筑物，遭受砂石与巨浪的轮番冲击。

在我的工作记录本上，曾留下了这样一串翔实的数据：截至2017年8月15日，全县新形成地质灾害点240处（其中，形成泥石流沟槽210处），壅塞体7处；因灾死亡14人、失踪15人；国道断道19处，桥梁垮塌5座，淹没4座；都汶高速公路多处中断，3处大桥桥面砸断，淹没桥梁1座；农村道路损毁216千米，农村桥梁损毁4座；水利水库损毁2座，饮水管道损毁115千米，堤防损毁159千米，3.8万人饮水困难；损毁耕地11800亩，8787亩农作物受灾；44户大中型企业严重受灾，旅游和市政基础设施损毁严重，旅游资源和旅游业生产能力遭受重创，旅游市场消费几乎归零，直接经济损失38亿元，五年发展的存量损毁严重。

比起灾难本身带来的震撼，坚守在灾难中的人，更令人心生震颤。

在雁门乡，我在一位养路工的工作簿扉页看到这样一句话：“让汶川不再成为‘孤岛’。”孤岛，成为多数经历了“5·12”、“8·14”和“7·10”地质灾害后的汶川人，最直观的感受。

在草坡乡，我踏勘了那夜困住我们前进脚步的几段滑坡。崩断的江崖之上，参与施工的车辆与人员往来交错，如履平地。“老天爷毁路，我们就修路，怕啥子！”这是我在当地听得最多的一句话。汶川人被灾难打磨出的坚毅，超乎想象。

在水磨镇，我又见到了一位当年在汶川大地震中向中央领导同志表态可以克服困难的县级领导，此时的他，正在受灾较重的杨柏沟开展调度。在地震中，他也不幸失去了至亲。“不敢想，一想就流眼泪……当时整个人都空了……可不能倒，也不敢倒，这么多工作要做！念头就是救人，能救一个是一个……活着，为他们好好活着……我现在哪都不去，就住汶川……离他们……近，近一点。”我们耐心地倾听着，没有打断他。或许，每说一次，他内心的痛苦就会释放一次，回忆带给他的折磨也会更耐受一些，待到他把痛苦磨成茧，封起来，人生就还能继续走下去。

千里岷江，在冲出汶川大山的时候，带走了大禹的传说，也带走了这些人的故事，翻作历史里的几朵浪花，汇入了更为宏阔的长江之中。“水涌山叠，年少周郎何处也？不觉的灰飞烟灭。这也不是长江水呀！这是二十年流不尽的英雄血。”关汉卿在杂剧《单刀会》中的这句唱词，同样道尽了萦绕在汶川水土之上，那股兴灭继绝、舍我其谁的英雄气概。

如此种种，又不禁让我想起夜宿银杏乡时，通过口耳相传留下的那些太平驿故事，它们，也是这滚滚东逝水中的素沫银浪。大坝无言，人孰无情？我眼中所见的，正是由一个个不愿离开汶川的人，努力缝合着大灾面前的残山剩水，让不灭的精魂、不屈的斗志、不绝的情义，再次筑起守护这一片神山秀水的千道堤坝、万仞屏障！

心有所悟，身有所行。因为来汶川工作的5名同志都是党员，经大家协商一致并向上级党委请示同意，我们在汶川成立了临时党小组，我也被推选为党小组组长。在党小组成立的当天，经我提议，并在汶川公路管理分局的支持下，我们再度折返映秀镇银杏乡兴文坪养护站，以党小组的名义参加了在此召开的组织生活会。

岷江滔滔，羌山高耸，我们的脚程再次与仍在抢修的太平驿水电站交汇。在绝壁江崖之下，断桥暗隧之间，我们席地而坐，把党旗高高地挂在墙头。我代表党小组向大家汇报了那夜听到的太平驿故事，来往踏勘的访谈与思考，以及对汶川发展的祝福与期盼。

尽管，在此后的岁月中，汶川依旧经历了像2019年“8·20”特大泥石流灾害那样的生存挑战，但面对地势狭长、依山沿江、地质条件脆

开展河道疏浚工程的太平驿大坝

弱的天然设阻，迎难而上，成为汶川每一次摆脱“孤岛”魔咒，最直接的努力。

经年之后，回溯往昔，我欣喜地看到，那年规划方案中“实现（汶川）乡乡、镇镇通油路，全部行政村通四级公路的标准，形成庞大的公路交通网络”的愿景，早已在脱贫攻坚的号角声中实现；而因“7·10”灾害停产的太平驿水电站，则在当年8月底就完成了首台机组的并网发电，其余三台机组陆续在一周内恢复发电，坝区堰塞体河道也在历经73天的日夜奋战后，顺利完成了开挖……

原以为，与汶川的缘分，将伴随着我离开交通系统而定格。可谁又能想到，我还能以另一种身份，再会太平驿。

三遇·开太平

2024年9月，在阔别汶川整整十一年后，我从都江堰起程，再次坐上了前往映秀镇银杏乡方向的车辆。

仲秋的都江堰，清爽怡人。来自川西高原的风，源自岷峰融雪的水，被这历经两千余年的庞大水利工程系统所驯服，令堤防、分水、泄洪、排沙、控流结成了互存互保的智慧体系，又将防洪、灌溉、发电、水运、用水等多种功效汇集一处，从这200余亩的渠首发源，泽被了四川盆地1100多万亩的肥沃土地，惠泽了七市、四十县区2800多万的人口。先王大禹没有做完的事情，由蜀守李冰再生造化，将人与自然应当如何共生共荣的逻辑，身体力行，传递千年。

天时、地利、人和。车辆沿着都汶高速公路，凭槎乘风，溯源拜水，直往太平驿而去。

此行，我正作为华能金融产业板块参加集团公司第三届优秀党务人才选拔赛决赛的三名代表之一，与其他板块的入围同志一道，前往华能太平驿水电站厂区参观、调研。

作为华能集团党建工作的特色载体，通过竞赛方式磨砺提升党务人员专业能力，实现“以赛代训”“以赛练兵”目的的党务人才选拔赛，已经进行了三届。此时，我作为一名刚加入华能集团不久的“党建老兵”，也与“90后”“00后”的同志一起，欣然接受上级党组织的能力检验。

调研太平驿水电站，即是本次竞赛安排的一项研学内容。

车子一路向西北疾驶，经过庙子坪大桥，紫坪铺水库在眼前豁然开朗。日光从积云的裂隙中点亮了平静无波的水面，数座青峰宛如颗颗青螺，安放在倒映天境的银盘上。此时，车速也稍缓下来。“丁达尔效应”与刘禹锡笔下“潭面无风镜未磨”的交汇，足堪注解这片乘势利导的人造山水。同车的许多人都发出啧啧赞叹。我复见这样的美丽，却也记起当年同行人的一声喟叹：紫坪铺的建设并非看到的这般静好，兴利生弊的担忧与争论，又何曾因眼前无边的风景，远离了历史的视线？

因“5·12”地震所处的大断裂带距离紫坪铺大坝直线距离仅4千米，原先驻地邻近紫坪铺的太平驿水电公司，也由此跨库区向东，迁移至现在的都江堰市灌口镇办公。

大自然，在展示她温情脉脉的一面时，也从未掩饰其怒目圆睁的样子。孔子被指“知其不可为而为之者”，并非苛求人力相强下的“可不可能”，而是探寻法、理、势之上的“应不应该”。推而论之，大禹治水能改堵为疏，李冰治蜀能因地制宜，也正是存了这份“应不应该”的心思。既果断、坚决改造不利的自然条件，也审慎、诚实遵循客观的自然规律，这是“人定胜天”得以持久的基础。

在记忆和现实中交错前进，我终于近距离看到了这座曾经隔江相望的太平驿水电站。

此刻，电站的外立面已焕然一新，四周的山色也显得明亮清晰了不少，这与我记忆中的模样，有了些许分野；但翻滚的江水，崚嶒的崖壁，告诉我，这便是十一年前那个雨夜，我曾经远眺的故地。

再次于岷江边审视太平驿，会发现历史长河的戏剧性铺陈：大禹当年疏导的激流，如今在这座电站下化为年均15.3亿千瓦时的电能。选址此处的密码，既藏在“水利万物”的古训里——岷江于此收束为百米落差的最佳动能区间；更镌刻在“神禹之邦”的集体记忆里：地质学家或许会详述此处花岗岩基的稳固，但羌族老人更愿意相信，是大禹镇水的精魂仍在庇佑着这不绝其流的江水与临危不惧的电站。

因厂址位于岷江左岸太平驿沟上游侧，太平驿水电站由此得名。这里是青藏高原向四川盆地的过渡地带，三面环山，以花岗岩和花岗闪长岩为主的地质条件，为电站建造引水隧洞提供了先天优势；而自西北向东南倾斜的地势，也让江流能被顺利引入电站，最大限度地驱动水能；水库库容的设计，也兼具了调控都江堰分流外江洪水的考虑，为保护古老水利工程提供了又一道后天屏障。

我们的到来，受到了水电站同事们的热烈欢迎。有同志热情地向我们分发安全头盔，并贴心在头盔内衬入了一次性发套；有同志主动介绍起电站的运行情况，并详细提示了参观的注意事项。这份熟悉的热情，既蕴含了汶川人民自有的乐观与热忱，也传递了华能人“华能一家亲”的共识与厚意。

当我踏入这座深藏于地下170米至220米的厂房，仿佛进入了一座宏大的记忆宫殿。沿着主厂房的通道前行，两侧墙面如实记录了自

“5·12”地震以来，华能太平驿水电站干部职工历经“8·14”“7·10”“8·20”等多场天灾，求生存、护平安、图自强、谋发展的恢宏印记。他们自许为“太电人”。在抗灾自救、防涝排险、恢复生产的一次次循环中，“太电人”不抛弃，不放弃，用大爱大勇、大仁大义，在不计小我中扛起历史交付的使命，于生死边缘间守护一方水土的安宁。在战天斗地的岷江一侧，他们写就了专属于华能历史的“开太平记”。

在这里，现实与记忆再次碰撞。那些曾经在入川途中、踏勘路上听闻的故事，在一件件历史物证前，一段段现场讲述中显现，我听到了记忆中那些清晰的声线：那振臂一呼冒险送信的自救声，来自水电站安全生产部主任黄金同志；那在断壁残垣中守护妻子100小时的呼唤声，来自水电站职工叶盛同志；那化失亲之痛为三次履险之勇的报名声，来自水电站职工彭睿同志……谁都不是天生的圣人，谁也不盼成为绝境的英雄，但当风雪叩门的一刻，总有为众人抱薪者，挺身而出。在历史的长河中，这些萦绕胸次的浩然之气、不计生死的一臂之力，如不绝其响的奔浪，一遍遍冲刷着历史的河床，直到这条河流彻底改变走向。千年来的华夏如此，百年前的中国如此，汶川的人民如此，华能的英雄们亦是如此。

随着参观的深入，我们来到了水电站的核心部分，也是地下厂房最重要的腹地——那里，四台功率原为6.5万千瓦、经2020年技改增容全部扩为7万千瓦的混流式水轮发电机组，昼夜轮转，驱动水流转化为源源不断的电能。至2024年中，发电机组已实现连续安全生产超7000天，累计发电量超400亿千瓦时，年均发电小时超5000小时。

据电站同志进一步介绍，水轮机、发电机等核心部件均来自国内厂商，这些部件在性能、效率、可靠性等方面均达到了国际先进水平，相关核心部件承载着大国重器的智慧与匠心。而在我们的视线之外，引水隧洞、压力管道等引水建筑物如一条条巨龙蜿蜒在地下，将岷江的水源精准引入厂房，驱动着水轮发电机组不断运转。

汶川人深谙驯水之道。从禹王宫残存的治水壁画到水电站中控室的数字屏，本质都是对“水脉即命脉”的深刻认知。太平驿安全稳定运行的前提，离不开每一位“太电人”在每一处管理细节上的兢兢业业、慎终如始。也唯有如此纯粹的付出，如此谨慎的值守，如此清醒的状态，才能造就“华能第一座水电站”数个历史第一：调压井开挖规模时为亚洲第一，率先在国内实施业主管理模式，创国内中型水电建设投资最省、时间最短、效益最高的纪录……

那一天，每一位以“华能”之名团聚在岷江边的人，不仅为这天地造化融入大国精工的神奇而倍感自豪，也为此处乃是华能精神越挫越勇的表率而赞叹有加。

离开太平驿时，我用镜头记录下了电站的身影，以弥补当年匆匆一别的遗憾。青山峻拔间，电站巍然屹立，数十座电塔遥相呼应，将这滚滚江水驱动产生的股股电能，送往远方。

当输电线穿越石纽山谷，电流与古蜀道上的马蹄声产生了奇妙共振。那些曾被汉藏羌人民描绘的“乱石穿空，惊涛裂岸”的险滩，如今在科学调度下化作可控的能量之源。这何尝不是另一种“地平天成”？大禹若见今日岷江两岸灯火，当会欣然于子孙既未忘却“因势利导”的敬畏之心，又以科学精神续写了“岷山导江”的新篇。在这一刻，没有恣肆凶蛮的大水，没有排空而下的巨石，没有舍本逐末的颟顸，没有涸泽而渔的短视，人类的智慧与自然的力量实现了平衡。九州之内，无数的中国电力人，正以山水为凭，生民为念，确保了电能的稳定输出，让远方的城市灯火通明，让工业的轮轴不停转动。时间弭平了发展的阵痛，见证了技术的进步，也感受到了人与自然和谐共处的长久美好。

“驿路同心，勇毅太平”，是我们在与电站同志交流中听到的最高频表达。这八个字，也成为太平驿水电站传递这份长久美好的不变恒心。它们不仅生动地概括了“太电人”继承并丰富华能集团“三色”文化的灼灼红心、浓浓绿意与煌煌蓝图，也传递了以中国共产党人精神谱系为渊薮的电力系统党建品牌的独有内涵。我想，也正是有了这一位位平凡英雄的筑基与示范，有了这一件件大国重器的破浪与凌空，才让华能太平驿水电站“一路同心战太平”，始终能以生生不息的斗志，源源不竭的智慧，燃燃不绝的精神，在展现华能文化的舞台上，闻其声、见

太平驿水电站厂址

其形、感其情、效其行；在共镌华能历史的殿堂里，留下一帧又一帧奋斗者与奉献者的群像，立起一座又一座创业与守成的里程碑！

英雄并不总在凌霜傲雪中，英雄也可默默在润物无声里。当全社会为实现“双碳”目标奋斗、各行业对标ESG要求时，太平驿的引水设施早已借水流的势能，实现了高效、清洁的电能生产，减少了等量能源生产的化石燃料消耗和温室气体排放；当国内同类型老旧水轮发电机组陷入技术改造困境时，太平驿的混流式水轮发电机组和自动化控制系统，为水电发电效率提升和能源保障能力建设提供了对照坐标；当电力行业为技术革命上下求索时，太平驿多项与智能化流体导向相关的专利，为水电智能化发展探索了新路、找对了道路……

在参加党务人才选拔的笔试答卷上，我写下了这样一个答案：“在华能集团成立40周年之际，是否可以编纂一部反映华能改革经历、彰显华能历史担当、体现华能精神风貌的《群英谱》？”四十正值壮年，英雄要问出处。在华能紧随时代改革发展的征途中，各板块、各领域，一直英雄辈出，各领风骚。“逢整必志”的记史传统，也应当为像太平驿水电站那样具备“英雄气概”的群体，留下可鉴来者、历久弥新的厚重一笔。

华能没有忘记“开太平”的英雄，历史也将记住继续奔涌的“太平驿”。

尾声

第一程江山雄构，大江滚滚向东流。恶滩声，从此吼。灵岩在前，圣塔在后，伏龙在左，栖凤在右，二王宫阙望中浮。好林峦蔚然深秀，看不尽山外青山楼外楼。尽夷犹，故乡风景谁消受！行行至白沙，路转西斜。平畴入望野桑麻，小桥流水，是一幅苏州图画。舟人自舟，筏人自筏，生涯在水涯。

——《松游小唱·第一节（节选）》

清光绪十七年（公元1891年）九月初九，久试不第的羌族贡生董湘琴，作出了一个重要的人生决定：48岁的他决定放下“拔贡九卷到都堂”的执着，接受松潘厅总兵夏毓秀的邀请，前往驻所担任幕僚。

从都江堰灌县杨柳河街“畹腴精舍”的家出发，他向西北行进了350多千米，一路叩关登山、穿林涉水，历时逾半个月才抵达松潘。这趟行旅中，他将沿途所见的120多处景物，18处历史遗迹，16处民族风情等，采撷进了万字长诗《松游小唱》。这部无心插柳的行旅笔记，从此成为“松茂古道”上汉藏羌人民传唱百年的文化记忆。

在出灌县西关行抵汶川龙溪的两百里脚程中，董氏描绘了由膏沃平原渐入险峻山谷的迥异风光，也记录下了对晚清天灾频繁、民生日蹙、边疆渐危的先忧之忧。133年后，也是这般的秋月无边，也是如此的山水往复，相似的风景，却换了人间。中华人民共和国成立75周年的这个秋天，我与身处“蔚然深秀”中的太平驿再会又作别，回到了故事的起点，都江堰。

当晚，我向家人分享了这几日的行程。父亲是一名有着35年党龄的老党员。当他看到我拍摄的太平驿电站内景时，敏锐地发现了于画

太平驿水电站机组一角

面下方露出的电机组一角。他兴奋地给我留言："地下（指的是画面下方）应该是水轮发电机组吧？估计有30万左右千瓦，不会少于4台吧？"我不觉有些吃惊。

记忆中，父亲年轻时曾是一家国营老厂的设备保全工，后来转岗到了本地供销系统直至退休，对这类大型机械设备，他从未和我聊起过。父亲也听出了我回复中的惊讶，笑着留言解释说，当年我的三舅公，也就是父亲的三舅，生前曾是上海电机厂六车间的党总支书记，这类大型电机的知识，都来自三舅公对父亲的言传身教。父亲与三舅公感情甚笃。当年父亲发展入党政审、拟提拔车间负责人时，厂里党组织都是派人去的上海外调，往三舅公处了解父亲的情况。

在父亲的叙述中，我了解到，上海电机厂从20世纪50年代起就是全国电机制造业的重点骨干企业，三舅公所在的六车间，正是电机制造的核心部门，其制造的大中型交直流电机占当时全国电机行业的三分之一。而我的家乡，一座位于太湖南岸有着1700余年历史的江南市镇，也恰是“中国电机之父”钟兆琳先生的桑梓之地。我从小学开始，就在校史中读过“钟氏家风”的故事，也晓得钟老世代忠直、德功兼备，倾其一生奉献给了中国电机工程事业，培养教育了包括钱学森先生、张钟俊先生在内的多位弟子。

历史的齿轮，在那夜的都江堰啮合，驱动着我的人生经历，形成了奇妙的记忆闭环。

我比董氏幸运。身在一个有着更多选择的时代，“学而优则仕”不是唯一的选择；读书人心向往之的“横渠四句”，也并非依赖举业一途得证。本我、自我、超我与兼容的社会、多元的文化、开放的世界，自由相逢并平等相处。允许个人抱负与时代潮流相互选择、彼此成就，即是历史的进步。作为曾经的“三门”干部，我感恩于汶川之行带给我的基层试炼；身为华能新兵，我感动于华能人的归属感及在太平驿的崔护重来；而来自家乡与家庭的传承，也教人感佩开创中国电机工程事业的先辈，为中国电力发展所奉献的力量。历史的恰逢其会，让我将三者的机缘牢牢地牵系在一起，成为人生行旅中不敢遽忘的零光片羽。

作为唯一进入决赛60强的金融产业板块代表，我也带着金融之于产业振兴、党建之于金融赋能的思考，走入了设置于都江堰市灌口镇观景路980号的考场，围绕如何服务主业、搞好金融，如何做强党建、办好信托，从容直面需华能信托全体同仁一起解答的“发展之问”。

我愿意去尝试求索这个答案。因为，这也是我选择加入华能、加入金融板块的理由。

时代选择了华能，华能注解了信托。从历史的尺度丈量，当年华能集团将黔隆信托重组为华能信托的应时顺势之举，不仅在国家优化调整金融产业布局中保护了国有资产不致损失，也以能源央企独有的政治优势、产业优势、发展优势与品牌优势，为焕新的华能信托，赓续了红色血脉、注入了全新动能，更为集团产融协同发展探索了新的路径，历经十六年深耕，不断刷新着产业央企能办金融、办好金融的改革局面。

在我对国有资本运营和信托行业近八年的观察中，回溯华能信托的发展路径，也是央企信托公司背靠产业、立足行业、应时而变的转型缩影。2015年以前，华能信托的产融服务工具较为单一，以银信合作业务为主；2015年之后，紧随行业转型发展，华能信托率先全面退出政府平台业务，严格限制房地产业务，包含资产证券化、永续信托、供应链金融、光伏基金、产业资源协同项目等多种工具的“产融服务工具箱”日渐完备。十余年间，华能信托发挥制度优势，为华能集团提供了全方位和差异化的金融服务选择，为支持产业创新发展发挥了“引链强链”的作用，金融服务集团发展的能力及质量大幅提升，其中不乏集团首单、市场首单的创新项目，并主导了多个体现“华能速度”“华能耐力”的重大投资项目。

窥一斑而知全豹。伴随金融体制改革深化和国资国企改革向纵深推进，加快信托“三分类”步伐，促进中央企业增强核心功能、提升核心竞争力，推动国有资本做强做优做大，服务实体经济发展，已经成为14家央企信托公司的使命所在、职责所系、功能所为。华能信托作为1/14，它的主动实践，不正是央企信托公司功能体现、价值创造的应有表达吗？也正是在“以融促产、以融强产”的自驱实践中，华能信托逐步具备了“先行一步”转型发展的综合性优势。

长期稳健的经营实践，使它形成了资源支持多、投资能力强、资金运用广、功能补位足、品牌影响大的先发优势；“央企实控+市场化经营”模式，使它同时具备了扁平化、专业化、高效率的机制优势；将党的领导融入公司治理，将“三色”文化、“奋斗者”基因深度结合，更使它牢牢建立起了央企姓党、投资为国、义利平衡、遵纪合规的政治优势。

机遇，为有准备者而来。重组16年来，华能信托坚定与集团走在一起，服务而不依赖，支持华能集团通过信托落地的产融结合业务规模已超1300亿元，为集团贡献利润超360亿元，为地方贡献税收超200亿元，净资产从当初的3亿元增加至目前的277.87亿元，净资产收益率接近16%。曾经的黔隆信托肯定无法想象，因为一次正确的、关键的历史选择，华能信托不仅迅速扭亏为盈，最大限度地实现了国有资产的保值增值；更在十余年间，深化“泛信托”概念，画出“第二曲线”，在高端引领型产业金融服务、资本市场、资产证券化、普惠金融、财富管理等业务领域屡屡实现突破，将一家濒临停摆的企业推上了位列行业前5%的交椅，被寄予、被期待、被推动肩负起更加重要的金融服务实体经济的时代责任！

回到北京后，在华能资本组织的金融系统年度记忆活动中，我分享了三遇太平驿的感悟：“险山急水之间，日夜奔流的，依旧是愈挫愈强的精气神。我相信，所有的崔护重来，都蕴藏着因缘际会的善意，与桃花依旧的希望。”愈挫愈强、遇强更强的精气神，是华能人在40年破壁攻坚中不曾湮没的气质。在保障国家能源安全、加快绿色低碳发展、争当科技创新排头兵、深化国资国企改革、推动高质量稳增长、全面从严治党的改革发展进程中，这股精气神从未缺位。它与华夏初祖们筚路蓝缕、以启山林的胆魄遥遥呼应，与历代先贤们立心天地、立命生民的抱负同气连枝。它奔流于太平驿山脚下的水中，也回环在西直门外矢志“产融结合”的信托人心中。

诗云：“身自太平驿中出，气返青云水自舒。桃花依旧人非故，今日还知我如初。”与100多年前毅然西行的董湘琴一样，我从西直门到太平驿，3600里的山水行程，也是为寻找人生走向的答案而来。

此刻，我与华能信托一样，正与正确的历史同行。■

澜沧江

澜沧江发源于中国青海省唐古拉山北麓，全长4880千米，流域面积约81万平方千米，是亚洲流经国家最多的国际河流，被誉为“东方多瑙河”。其在中国境内干流长2161千米，流域涵盖青藏高原、横断山脉及云贵高原，地势北高南低，海拔落差达6500米，蕴藏着丰富的水能资源。

华能澜沧江水电股份有限公司成立于2001年，是中国华能集团控股的大型流域水电企业，负责澜沧江全流域及西藏、云南周边清洁能源的开发运营。作为“西电东送”骨干企业，华能澜沧江公司正以“水火风光储一体化”模式，助力中国能源结构转型，成为国际河流流域可持续开发的典范。

“我因随部门参与华能集团产融协同业务前往云南华能澜沧江公司，开展业务尽调。我的行路声，一次次与澜沧江的涛声交汇，奏响了一阕长歌。”

——李士奇

李士奇，毕业于山东大学民商法学专业。2020 年毕业后加入华能贵诚信托有限公司，现任集团业务部信托经理职务。

澜沧江往事
一条江、一方人、一阕长歌

楔子

青藏高原的皑皑雪山间，那源自天际的涓涓雪水，带着亘古的纯净与凛冽，悠悠而下。它们似灵动的精灵，在岁月的长河中逐渐汇聚，分别幻化成了扎曲与昂曲。这两条河流，宛如大地的脉络，在时光的流转中，缓缓地向彼此靠近。终于，在西藏昌都这片神奇的土地上，它们深情相拥。自此，澜沧江踏上了它那波澜壮阔的征程！

奔流而下的澜沧江在中国境内全长2161千米，水量平均每秒2170立方米，落差6500米，水能蕴藏量高达3200万千瓦，这条纵贯横断山脉的“水电黄金走廊”，以其澎湃的水势与陡峭的落差，成为清洁能源开发的天选之地，可谓是一条水电人“人见人爱”的江中“尤物”。而对华能集团而言，这条大江更是一条承载使命的“能源动脉”——自1999年国家“西电东送”战略的号角吹响，华能人便溯江而上，以“开发一座电站、带动一方经济、保护一片环境”的信念，在澜沧江畔埋下第一块基石；到2002年，根据当年国务院批准的《电力体制改革方案》，将澜沧江全域水电开发权划归华能集团，就此华能便与这条江河结下不解之缘。

澜沧江公司的发展史，可谓是一部与澜沧江共同成长的史诗。我之前未曾踏过那边的土地，但却在电视、新闻报道中无数次听闻小湾电站、糯扎渡电站等这些如雷贯耳的名字。在澜沧江日夜不息的奔腾声里，它们宛如一个个被岁月铭记的传奇，让我对其充满向往与憧憬。每个人都有自己的人生轨迹，就像每条河流都有它的流向一样，我心怀庆幸入职贵诚信托后，人生轨迹与澜沧江公司渐渐开始交融。与部门同事一起调研走访及开展项目尽调后，我不再是澜沧江水电故事的旁观者，而是可以亲身踏上这片承载着无数华能水电人荣耀与奋斗的土地，双脚踩在满是故事的土壤上，那些曾在想象中浮现的电站场景，一下子变得触手可及。回首过往，那些与澜沧江公司相识相遇相知的日子，都成了此刻最珍贵的回忆。

初识澜沧江——供应链融资开启的缘分序章

时光的长河悠悠流转，回溯至 2017 年，那是一段充满探索与期待的岁月。彼时澜沧江公司正在全力投身于水电开发的征程中，在这金融与能源交织的领域，我所处的贵诚信托积极响应，进而促成了贵诚与澜沧江公司的初次“邂逅”，而这段缘分的起点，便是那场意义非凡的供应链融资之旅。

犹记得初次接到尽调任务时，彼时滇西高原的雨季正酣，天空像是被谁不小心打翻了水桶，雨水肆意地倾洒在这片广袤的土地上。我坐在飞机的舷窗边，俯瞰云贵大地，机翼下翻涌的云海与山脊缠绵，像是造

去往水电站尽调途中

物主随手抛落的手帕，又如同大海的波涛，一波一波地向远方涌去。那云海在山间翻腾，时而聚拢，时而散开，仿佛在诉说着这片土地上古老而神秘的故事。飞机落地昆明后，我们便马不停蹄地驱车前往电站尽调，此次尽调的目的地为登水、苗尾和里底，我们需要在最短时间内完成合规尽调要求以保证放款的时效性。

登水县位于云南省怒江傈僳族自治州福贡县境内，地处怒江中游河段登埂河峡谷区域，去往登水电站的盘山公路像褪色的哈达；苗尾水电站是澜沧江上游河段一库七级中的最下游一级电站，是云南省加快培育以水电为支柱产业的重点建设项目，苗尾电站的清晨总会让人想起莫奈的睡莲；里底水电站是澜沧江上游规划七个梯级水电站中的第三级电站，是国家实施“西电东送”和“西部大开发”战略的重要项目，里底电站的星空在梅里雪山十三峰映衬下有种摄人心魄的澄明。来到这些水电站的项目现场，那气势恢宏的施工场面如汹涌浪潮，猛地撞进我的眼眸，将我深深震撼。机声轰鸣，宛如一群咆哮的钢铁巨兽；炮声隆隆，似天边滚过的沉闷惊雷。工地上热火朝天的施工场景，如同一幅波澜壮阔的画卷，徐徐铺展在我眼前，让人热血沸腾。来自全国各地的建设者汇聚在这里，他们远离基地，远离亲人，风餐露宿，长年累月，艰辛地奋战在澜沧江大峡谷。他们用粗糙却有力的双手，为西部大开发的重点工程抛洒心血和汗水，那身影、那坚守，本身就是一首令人感佩的建设者之歌，每一个音符都饱含着奉献与担当，在这片山谷间回荡。

而我们，也有幸参与到这场绿色能源盛宴之中。我们怀揣着一份使命感与责任感，通过受让水电十四局应收澜沧江公司的工程款，为这些水电站的建设添砖加瓦。这不仅仅是一笔业务，更像是一场接力赛，我们接过建设者们递来的“接力棒”，在金融的赛道上奋力奔跑，为的就是让这座电站早日建成，让清洁能源早日照亮千家万户。这一路走来，从最初的尽调，到如今站在施工现场，我深深地感受到自己与这片土地、与这项伟大工程紧密相连。每一次与建设者的交流，每一次对工程细节的深入了解，都让我更加坚定理解了澜沧江公司一代代人为建设水电站而奋斗的意义。在这之前，奔腾的江水肆意流淌，像一匹脱缰的野马，在山谷间横冲直撞，却未能得到有效开发。后续随着水电站的开发建成，澜沧江公司如同一位智慧的驯马师会让江水的能量得以转化为造福人类的电能。它如同一个纽带，一头连着过去，一头系着未来，在推动地方经济发展的同时，也为当地带来了更多的发展机遇，让人们的生活因清洁能源而变得更加美好。那一刻我第一次实地领悟到了“华能人”的责任感，那是一个个宏伟的蓝图，一个个拔地而起的水电站，一颗颗璀璨的明珠，镶嵌在澜沧江流域，闪耀着清洁能源的希望之光。华能水电人不仅能从澜沧江感受到水的力量，领略到祖国河山的壮美，“绿色电力，水能兴邦”这几个大字深深地刻在他们心中。那一刻，贵诚信托与澜沧江公司、水电十四局，以及所有为这座电站付出心血的人们，共同编织着一个关于绿色能源、关于发展的梦想。这个梦想，如同一颗种子，在这片土地上生根发芽，茁壮成长，终将成长为参天大树，为这片土地带来无尽的绿荫与清凉。

融入澜沧江公司——理财之行服务凝聚金融暖流

时光的笔触未曾停歇，那是一段延续着温暖与关怀的岁月，自贵诚信托与澜沧江公司合作联系的种子种下后，双方的联系便如同潺潺溪流、从未间断。时间轻盈跃至 2019 年，公司了解到澜沧江糯扎渡电站的员工常年驻守在大山深处，他们宛如深山中坚守的卫士，日复一日、年复一年地默默守护着电站的平稳运行，将青春与热血毫无保留地奉献给了这片苍茫大山，可无奈地理的阻隔，让他们宛如与世隔绝。外界那纷繁复杂的理财渠道，仿佛被大山这道天然屏障屏蔽了所有信号，难以触及他们。他们守着手中饱含汗水的积蓄，满心皆是无奈与迷茫，不知该如何为这份辛劳的成果寻得妥善的归处。我所在的贵诚信托集团业务部在知晓这一情况后，内心被深深触动，当即拍板，决心化作暖阳，驱散员工们心头的阴霾，要发挥专业所长为他们解决这一棘手的痛点，随即我和部门同事一起踏上了前往偏远糯扎渡电站的路途，只为给那些可爱又可敬的电站员工们，带去一场关于财富管理的及时雨，让他们在奉献之余，也能收获一份对未来的安心与期待。

记得那又是一个被雨幕笼罩的夜晚，我们一行人从昆明辗转落地普洱。彼时，天空像是被戳破了无数个窟窿，大雨倾盆而下，噼里啪啦地敲打着地面，奏响一曲凌乱的雨夜乐章。刚出机场抬眼望去，在那涌动的人潮之中，糯扎渡电站的同事身影清晰可见，他们面带热忱笑意，如约而至，那熟悉的面庞，瞬间驱散了旅途的疲惫。随后，我们一同坐进车里，车辆缓缓启动，驶离普洱市区，一头扎进那蜿蜒曲折的盘山公路，载着我们驶向那充满故事与期待的糯扎渡水电站。电站坐落于云南省普洱市澜沧江下游峡谷地带，是澜沧江中下游梯级开发的核心工程，其蓄水量相当于 16 个滇池的蓄水量，凭借亚洲第一高心墙堆石坝（261.5 米）和世界领先的泄洪技术，成为澜沧江流域规模最大、调节能力最强的水电枢纽。

山路崎岖，窗外的雨幕将本就昏暗的视野遮蔽得严严实实，黑漆漆一片，什么都看不清楚，只有车灯勉强照亮前方一小段泥泞的道路。一路上，盘山路还在施工，坑坑洼洼，车辆颠簸摇晃，宛如在波涛汹涌的大海中漂泊的小船。路面上随处可见运送沙石的大货车，它们宛如巨兽，缓慢而沉重地挪动着，车轮卷起的泥水溅落在我们的车窗上，形成一道道浑浊的泪痕。偶尔还能看到一些不幸开进沟里的越野车，它们静静地躺在那里，仿佛在诉说着这段山路的艰险与无情。经过三个多小时的漫长颠簸，直到午夜12点多，我们才终于抵达电厂。车辆驶入电厂的那一刻，大家都松了一口气，仿佛经历了一场漫长的冒险，终于找到了避风港。

翌日，雨过天晴，暖阳如约而至，但山间的雾气依旧迟迟不肯散去，轻纱般地萦绕在电厂四周，给这片天地增添了几分朦胧的诗意。糯扎渡电厂便静静地藏匿于这青山碧水的怀抱之中，那秀丽的环境，仿佛是大自然精心雕琢的一幅绝美画卷，让人心生向往与沉醉。在这如诗如画的环境中，我们也与当地员工围坐在一起，开展了一场关于财富管理的宣讲，我们用通俗易懂的语言，将那些看似枯燥的信托理财知识娓娓道来。阳光透过斑驳的树叶洒在大家的脸上，光影交错间，贵诚信托与澜沧江公司之间的距离也被再次拉近。

后来，我们离开糯扎渡电站从盘山路上回首远眺时，看到了山下奔腾的大江，江水汹涌澎湃，水流湍急，宛如一条蛟龙在山谷间穿梭。电站的师傅满是自豪地告诉我们，“糯扎”在当地的语言里是英雄的意思，糯扎渡便是英雄渡江的地方。那一刻，望着那滚滚江水，我不禁想象着曾经有多少英雄豪杰在此踏浪渡江，留下一个个英勇无畏的传奇故事，而我们此行，虽不是为了建功立业，却也带着一份坚定的信念而来，希望以贵诚信托人之“手”，为深山中的电站员工们带来一些实实在在的金融服务帮助，就宛如那些英雄们为这片土地带来的荣耀与希望。

携手澜沧江公司——券化奏响减负乐章焕新活力

多年来，澜沧江公司恰似一位无畏的开拓者，始终秉持创新理念，勇立时代潮头。在前行的征途上，它披荆斩棘，一路踏破无数暗礁险滩。时光奔流不息，挑战也如影随形。行至2024年，新的难题宛如一座大山横亘在前，引进权益资金、压降负债率的迫切需求，成为摆在澜沧江公司面前亟待攻克的难关。贵诚信托作为陪伴澜沧江公司多年的战友，在这关键时刻，当仁不让，再次与澜沧江公司紧紧相依、携手共进，怀揣着破局的勇气与智慧，双方共同开启了类REITs项目的艰难攻克之路。类REITs项目犹如一场与时间赛跑的硬仗，时间紧、任务重，从接到任务的那一刻起，紧迫感便如潮水般将我们吞没，我与部门同事来不及做过多的准备，再次火急火燎地奔赴昆明，投身这场没有硝烟的战役。

回溯过往，早在2006年，澜沧江公司便以无畏的探索精神，勇敢踏入资产证券化的领域。彼时，它以漫湾电厂的水电收入作为基础资产，于交易所成功发行，就此奏响了国内电力资产证券化的第一乐章。这一开创性的举措，无疑是澜沧江公司敢为人先精神的生动注脚，但这次类REITs项目与传统券化项目不同，它宛如一座迷雾重重的险峻高山，结构复杂得如同迷宫，每一处转折都暗藏玄机；底层资产合规性要求之高，恰似精密仪器，容不得半点差错。但澜沧江公司在这场挑战面前，宛如一位久经沙场的勇士，展现出令人惊叹的极强应变能力。他们迅速整合资源，积极协调各中介机构，从入库招采到人力统筹，从信息共享到流程梳理，每一个环节都安排得细致入微。

昆明的夏日，宛如一首舒缓的乐章，微风轻拂而过，裹挟着丝丝缕缕的温润。滇池之畔，湖水波光粼粼，与湛蓝如宝石般的天空相映成趣。这般悠然景致，本应是让人沉醉其中、尽享闲适的时刻，我们却深

紧张的会议讨论中

陷入忙碌的旋涡之中无法自拔。办公室里，灯光昼夜不息，好似不知疲倦的守夜人。白天，日光透过窗户，洒在堆积如山的文件上，大家都埋首于资料之间，电话铃声、键盘敲击声、讨论声此起彼伏，交织成一曲忙碌的乐章；夜幕降临，城市被璀璨灯火点亮，灯光下是一张张专注而坚定的面庞，眼中只有密密麻麻的文件和数据；即使是周末这类本应是休息的时光，办公室里却依旧人来人往，大家主动加班，没有丝毫怨言。我们按日跟进项目进度，每一天都像是在与时间赛跑，每一刻都在紧张的节奏中度过，没有人退缩，大家都在为了同一个目标，坚守着、努力着，试图在这高强度的压力下，为项目发行开辟出一条通往成功的道路。

三个月的光阴，说长不长，说短也不短。在这段日子里，点点滴滴都宛如春日繁花，在记忆的长河中熠熠生辉。在与澜沧江公司财资部人员的接触中，我也再次深深感受到了他们的专业、创新与传承，这些品质宛如璀璨星辰，照亮了整个项目推进的漫漫长路。犹记项目簿记发行当天，高主任宛如不知疲倦的飞鸟，清晨从昆明振翅出发，跨越千山万水抵达北京，现场亲临参与簿记发行工作，那一日的奔波，他的身影在城市的灯火阑珊处虽显疲惫却又无比坚定。每周的工作协调沟通会，更是一场场没有硝烟的战斗，李主任带领大家围坐在一起或借助线上会议沟通，大家常为了项目的细节争得面红耳赤却又在达成共识、攻克难关的那一刻相视而笑，那笑容里饱含着对项目落地的热忱与期待。在这些看似平凡却又充满力量的日常里，时间悄然流逝，而我们的项目也在大家的共同努力下，冲破重重难关，最终迎来了顺利落地的那一刻，宛如一朵在荆棘中绽放的花朵，绚烂而耀眼，那一刻，所有的付出都化作了心中的喜悦与自豪，久久回荡在我的心间。

结语

山高路远水迢迢，在与澜沧江结缘的悠悠岁月中，那一幕幕往昔如同电影般在心间缓缓放映。初涉水电站供应链融资，让我感悟到澜沧江水电人的奉献精神；糯扎渡电站的财富宣传之旅，让我见证了澜沧江水电人的执着坚守；类 REITs 项目成功发行，让我领略到了澜沧江水电人的专业和创新。“能源于水，有容乃大”的华能文化，似那温润的春风无声的滋润着我，往事种种都已成为我职业生涯中最宝贵的财富。高原的雄浑磅礴、雪山的冰清玉洁、藏地的神圣庄严、雨林的婀娜多姿，无一不深深触动着我这颗渺小而平凡的心。我仿佛是一朵映照着暖阳的欢乐浪花，心中始终涌动着爱，向着大海奔涌。在未来的日子里，我坚信与澜沧江还会有更多的交集，我们将携手在能源与金融的领域中，共同铸就更多辉煌，在华能奔涌向前的征程中，奏响一曲激昂的绿色交响。■

华能韭菜坪风电场

阿里西里

贵州省赫章县阿里西里韭菜坪，地处黔西北高海拔山区，平均海拔超过2500米，该区域因独特的地理环境与季风气候，年均风速可达5~7米每秒，风能资源禀赋优越。华能贵州赫章韭菜坪风电场是华能集团在贵州推进清洁能源转型的重点项目之一，正位于阿里西里韭菜坪。当地彝族、苗族等少数民族的传统农耕与节庆文化为项目增添了独特底色，风电场的建设链接生态旅游开发，将现代能源设施与自然人文资源融合。游客在韭菜坪景区，可以看到连绵的风机旋转，在电厂风电观光步道，感受当地风光的雄浑与静谧。

“我在2020年夏天，组织并参加了华能贵诚信托与清华大学粉刷匠协会联合进行的‘童画家’支教活动。当与清华支教的同学们前往华能韭菜坪风电场时，我与那穿山绕水的长风，不期而遇。”

——高四季

高四季，清华大学日语、管理双学位学士，新闻传播学硕士，清华大学第 23、26 届校歌赛十佳歌手，院研究生会副主席，北京市优秀学生干部。于 2018 年加入华能贵诚信托有限公司，主要负责公司新闻宣传工作，曾获《中国电力报》优秀通讯员、华能集团新闻宣传先进个人、华能金融青年榜样等荣誉。现就职于人力资源部。

长风漫过韭菜坪

楔子

清晨的阳光温柔地洒在贵州的山脉上，空气湿润清新，弥漫着泥土的芬芳与草木的清新。山谷中的微风轻轻吹拂，似乎带走了我所有的疲倦与烦恼。20岁出头的清华支教志愿者们正在热烈地分享着他们这几天的快乐和感动。听着他们的欢声笑语，我也忍俊不禁，却又悄悄地望向窗外。

眼前是连绵的山脉和雾气缭绕的村庄，深邃的山谷让我感到宁静和从容。那时的我，回想着这几天在贵州的支教经历，心中涌动着复杂的情感，既有对未来的期许，又带着几分不舍与感慨。

车子行驶在蜿蜒的山路上，窗外的景色悄然变幻。周围的村庄逐渐消失在视野之中，取而代之的是一片片起伏的山丘。每一次转弯，眼前

韭菜坪上中国华能风机

的风景都会有所不同，仿佛这片土地在默默地诉说着属于它的故事。而我们与阿里西里韭菜坪的故事，且容我细细道来。

乘坐缆车缓缓上山，窗外的景色渐渐开阔，我渐渐看到了阳光中无尽的山脉，层层叠叠，宛如一幅古老的山水画，在阳光映射中泛起一片片柔和的光辉。缆车渐渐升高，眼前景色变得越来越壮丽。在无尽的山谷平台上，是大片紫色球形的韭菜花，那些花朵在晨风中轻轻摇曳，沐浴在天边霞光的映照下。微风拂过我的面庞，心底的所有杂念都被轻轻带走。这里的美，没有浮华，而是一种原始与宁静，岁月在这里也流淌得极为缓慢。望着开阔的草原和起伏的山脉，天边的云彩变幻着形状，我看到风车在山顶上缓缓旋转，像是巨人的双臂，优雅地挥动，仿佛在与这片大自然对话。风车的立柱高耸，那一刻，我满怀期待，转眸，看到了心底的答案——“中国华能”。

在这片绿色的怀抱中，我的心，随着广阔的天地逐渐开阔，仿佛穿越时空，找回了那份久违的宁静。

历史的印记：从百濮到夜郎

阿里西里，这片历史深厚的土地，宛如一幅层叠的画卷，诉说着从百濮到夜郎的传奇。站在韭菜坪中，眼前群山连绵，云雾缭绕，既能感受到现代风电场的生机，又能触摸到古老文明的脉搏。

百濮人，这片土地的早期居民，以朴素而深沉的方式融入大自然，留下了岩画等珍贵遗产，展现着他们与山川、动物息息相关的古老生活。春秋战国时期，百濮文化与楚文化交融，推动了文明进程。随后，夜郎国的崛起，为贵州历史增添了神秘与浪漫的色彩。夜郎国虽短暂，但其独立、勇敢的文化特质，至今仍在这片大山中流传。

秦始皇统一六国后，阿里西里进入多元历史时期，百濮人的坚韧、夜郎人的豪情与中原文化的精致交融，塑造了独具特色的贵州文化。如今，我望着群山，仿佛能听见历史的足音，感受到无数代人的记忆与希望。在这个充满希望与变化的时代，风电场的建设让这片土地焕发出新的活力。站在韭菜坪的山坡上，望着那一排排高大的风车，我仿佛感受到了历史的脉搏与未来的召唤。这里的每一座风车，都承载着这片土地上千年文化的精髓，也见证着新一代贵州人民的奋斗与梦想。百濮人的坚韧、夜郎人的勇气、如今贵州人民的创新精神，在这片土地上交织在一起，汇聚成今天阿里西里这片土地上的蓬勃生机。

韭菜坪的风车，在阳光下缓缓转动，它们承载的不仅是这片土地的历史与文化，也承载着清洁能源的未来。它们的旋转，像是对过去的追忆，也像是对未来的呼唤。历史与未来交织，阿里西里的故事将继续在这片土地上书写。

现实的模样：绿色能源的梦想

当我回到现实，眼前的景象让我豁然开朗。在这片原始的土地上，最为醒目的便是那座矗立在阿里西里山巅的华能韭菜坪风电场。那一座座洁白的风车犹如巨大的雕塑，雄伟而优雅，安静地矗立在风的怀抱中。它们的叶片在阳光下闪烁着光辉，随风旋转，仿佛在与这片古老大地进行着无声的对话。风车的旋转，不仅是对大自然力量的利用，更是这片贫瘠土地上崭新希望的象征。那时，我的内心充满了激动与骄傲，因为这里正是华能集团建设的风电场，它不仅是能源的载体，更是这片土地上变革与发展的见证。

作为华能信托的一员，我深知这座风电场的建设并非一蹴而就。每一座风车的矗立，都是无数工程师、技术人员、管理者的心血与汗水的凝结。从最初的规划设计到后来的现场勘测，从风机的安装调试到最终的投产，每一个环节都经历了重重考验。这片风电场的建设，汇聚了现代科技与大自然的力量，它承载着一个更加绿色、可持续的未来。而它在这里的存在，也在无声地向我们传递着一个强烈的信息——绿色能源，正在改变这片土地，正在给这片曾经因贫困而闭塞的山区带来崭新的希望。

贵州，这片充满传奇色彩的土地，常年被山脉环绕，交通不便，曾经长期与外界隔绝。直至近现代，黔西南的人民才逐步摆脱贫困，与外界联系更加紧密。这片曾经因地理和历史原因闭塞的土地，随着时代的进步，逐渐成为贵州乃至中国西南经济与社会变革的重要见证者。

早在清朝时期，黔西南地区就因为其复杂的地形和地理位置，长期处于偏远状态。大多数民众依赖农业和传统的手工业为生，直到20世纪的改革开放，外界的资金、技术和信息才开始流入这片偏远山区。尤其是20世纪90年代，贵州省开始逐渐对外开放，加大基础设施建设的力度，许多地区逐步获得了基础的交通、通信和水电设施，黔西南的经济也在这一时期开始了破茧成蝶的过程。

但真正改变黔西南面貌的是进入21世纪后，贵州省对清洁能源的大力推动。贵州的山脉和阳光赋予了这片土地得天独厚的风能和太阳能资源，而这种资源在近十年间迅速成为贵州发展的新引擎。2000年以后，贵州省加大了对清洁能源的开发力度，风力发电、太阳能等可再生能源项目迅速兴起。赫章县作为黔西南的重要组成部分，凭借其较高的海拔和丰富的风能资源，成为贵州风电项目的重点建设区域之一。

贵州的风能资源丰富，尤其是贵州西北部的高原地带。随着全球绿色能源需求的增加，贵州省也在这一波浪潮中找到了自己的位置。风电、太阳能作为绿色能源的代表，逐渐成为贵州能源结构中的重要组成部分。2007年，贵州省人民政府就明确提出，要加快风电、太阳能等可再生能源的开发，并结合山区的资源禀赋发展清洁能源项目。进入21世纪，贵州省对风电项目的扶持政策逐步落实，企业和资本的涌入使得贵州的风电产业步入了一个快速发展的轨道。

在这一波绿色能源浪潮的推动下，阿里西里韭菜坪风电场的建设成为贵州清洁能源发展的一个重要标志。华能集团的参与，标志着贵州风电产业进入了一个新的发展阶段。从最初的风电资源勘探，到后期风力发电机组的选择、安装调试，再到如今的正式运营，这座风电场不仅是当地电力供应的源泉，也成为贵州省绿色发展的核心项目之一。它为赫章县带来了稳定的清洁电力，解决了长期困扰山区的电力不足问题，进一步推动了地方经济的发展。

风电场的建设带来了直接的经济效益，也促进了社会基础设施的建设和当地就业的增长。风电项目建设期间，赫章县涌入了大量的建设和管理人员，提供了大量的就业机会，尤其是许多当地贫困家庭的成员，得到了在风电场工作的机会。风电场的运营阶段，提供了持续稳定的就业岗位，很多农民从中受益，收入逐步增加，从而改善了他们的生活水平。

与此同时，风电项目的落地，也带动了周边地区的经济转型。在阿里西里和赫章县周边，相关的服务产业如交通、物流、旅游等也得到蓬勃发展。依托阿里西里独特的自然景观，越来越多的游客开始前来观光，旅游业逐渐成为当地经济的重要组成部分。通过风电与旅游业的结合，赫章县的经济结构逐步优化，原本闭塞的山区焕发出新的生机与活力。

每一次站在风电场前，听着风车在山风中悠然旋转，耳边回荡着那一阵阵轻盈的风声，我的心灵便与这片土地的历史和未来产生了共鸣。这些巨大的风车，不仅代表着科技的力量，也象征着时代的发展。它们在阿里西里的山脉之间旋转，仿佛是历史的见证者，又像是未来的指引者。它们的存在，见证了贵州的绿色转型，也在默默地改变着这片大地上的每一寸土壤，每一个生命。

如今，贵州省已成为中国清洁能源的领跑者之一，风电和太阳能产业逐渐走向成熟，成为推动区域经济增长的核心力量。风电场不仅是能源革命的体现，更代表着一个从贫困走向富裕、从封闭走向开放的历程。在这里，阿里西里韭菜坪的风电场，见证了贵州省从贫困到崛起的转变，也见证了这片土地上每一个不甘平凡、勇敢追梦的人的坚韧与不屈。风车旋转的声音，仿佛也在为这些人歌唱，唱响属于他们的梦想与希望。

未来的桥梁：前所未有的力量

来到阿里西里，是因为公司的支教之行。我与同事一起，带着十几位来自清华大学的学生，走进这片曾被遗忘的山区。这次旅程，回过头来，不只是给孩子们带去书本上的知识，更是对我自身的一次灵魂的洗礼。

作为华能信托的一员，我亲眼见证了公司在这片土地上洒下的每一滴汗水如何改变着这里的面貌。2019年，华能贵诚信托积极响应脱贫攻坚的号召，主动承担起阿里西里所在的赫章县下属官房村、发科村的脱贫任务。从教育到医疗，从基础设施建设到人力资源的支持，公司在多个方面给予了帮助，并派遣了两位第一书记驻村，亲自参与脱贫工作。在一步步的帮扶中，公司不仅投入了物质资源，还发挥了社会资源的优势，这才有了这次联动清华大学的学生的“童画家”支教活动。

来自清华大学的志愿者们

此次支教的主题，是为村里学校的墙壁画上彩绘，为孩子们的学习空间增添一抹亮色。与此同时，还给孩子们上了科学课、数学课、音乐课，让他们感受到学习的乐趣，点燃了他们对知识的渴望和梦想的火种。时间已过去很久，但我依然记得那些孩子们眼中闪烁的光芒，如群星，熠熠生辉。大山阻挡了交通，但阻挡不了他们一颗颗想要振翅飞翔的心，他们渴望着去见识更广阔的天地。这些孩子中有聪明调皮的，有思考少语的，也有敢于做梦、敢于突破的。当清华大学的学生们在教室里分享他们的大学生活时，当孩子们听到科学和艺术的无穷魅力时，教室中一片静默，在这深沉的寂静之下，或许生命的轨迹正在悄然改变。

我深信教育的力量。教育可以改变一个人，甚至是一代人的命运。它能够深刻地影响他们的观念，拓宽他们的眼界，改变他们对这个世界的认知。然而，对这些孩子们来说，要做到这一切，绝非易事。根深蒂固的观念，教育资源的匮乏，家长对教育的重视不足，都让孩子们的成长之路异常艰难。农村教师的教学水平有待提高，很多孩子的家长尚未意识到教育对孩子未来的重要性。在那短短的几天里，我们无法彻底改变几十年来根深蒂固的教育观念，也无法轻易改善他们所面临的客观条件。我们能做的，仅仅是通过我们的见识和眼界，向这些孩子们展示外面的世界。我们告诉他们，通过读书、通过努力，他们能够打开一扇通向更好生活的大门，进入一个更广阔、更精彩的天地。

站在韭菜坪的风电场前，我感受到了一种前所未有的力量。这不只是风电场的声音，也是孩子的呼唤，更是时代的感召。这些风力发电机，是大自然与人类智慧的结晶，它们将继续旋转，给这片土地，给这片土地上的人民，带来更多的希望。

未来，华能信托将继续履行它的社会责任，推动更多的扶贫与社会发展项目。而这片从未止息的风，也将永远激励中华大地向着更加美好的未来前行。

阿里西里的风，吹出了我心底的辽阔。它带着清新的气息，带来了未来的憧憬，而那些大山中的奋斗者，或许正是这股风的缔造者，他们用自己的辛勤劳动和不懈努力，创造着这片大山的不朽奇迹。■

来自华能贵诚信托的志愿者与可爱的孩子们

湖南常德

20世纪60年代中期，面对复杂的国际形势和国家安全需要，党中央作出了开展三线建设的重大战略决策。这场历时15年、横跨13个省区的战略性工业迁移与建设，在中国工业化进程中书写了浓墨重彩的一笔。数百万建设者响应“好人好马上三线”的号召，从沿海和东北工业基地奔赴中西部深山峡谷，在极端艰苦的条件下建起了以国防科技工业为核心、能源交通为基础的工业体系。

在这场气壮山河的建设中孕育的“三线精神”，是中国共产党人精神谱系的重要组成部分。当前，在实现中华民族伟大复兴的新征程上，“三线精神”所蕴含的爱国主义、奋斗精神和创新意识，仍然具有重要的时代价值和教育意义。

“我幼年随父母从湖南老家到贵州，见证了父辈在‘三线建设’中不畏艰难、无私奉献。这段独特的人生经历，为我在华能的拼搏奋斗埋下了深深的种子。”

——徐莉

徐莉，毕业于贵州大学。曾就职于贵州航空工业总公司 418 库，贵州省国际信托投资公司、黔隆国际信托投资有限责任公司，2008 年跟随公司重组，加入华能贵诚信托，历任计划财务部会计主管、总经理助理、总经理。个人先后获得 011 基地会计知识竞赛三等奖、单位三八红旗手、先进工作者等荣誉，任职期间带领部门荣获中国人民银行贵州省分行、华能资本优秀单位奖项。2025 年退休。

云上花开在湘黔

序

2015年9月，我踏入了向往已久的毕节市赫章县享有“贵州阿勒泰”美誉的韭菜坪，这里既是全国唯一的野生韭菜花保护区，又是全球面积最大的连片野生韭菜生长带。初秋的阳光轻柔地洒下，漫山遍野的韭菜花恰似紫色的锦缎，绵延在翠绿的叶片之间。微风轻拂，花球们轻轻摇曳，氤氲着湿润迷蒙的雾气，让人心旷神怡，沉醉在这如诗如画的自然美景之中，仿佛时间都悄然静止。我沿着蜿蜒山路攀爬，脚下石阶在云雾中若隐若现，一侧是深不见底的峡谷，另一侧则是直插云霄的乌蒙山。群峰叠嶂，云海翻涌，置身云上花海，恍若踏入仙境的后花园。

当我目光扫过一座座巍然矗立的白色风力发电机时，风机上“中国华能”几个蓝色的大字在阳光下显得格外醒目。映入眼帘的瞬间，热血

瞬间沸腾，自豪感油然而生——在这贵州屋脊之上，华能的风力发电机如银色卫士般错落有致地点缀于山间，与雄浑的自然景观交织成壮丽画卷。它们不仅是清洁能源的生产者，更是华能人扎根高原、勇攀高峰的奋斗坐标。叶轮每一次划破天际的转动，都在吟唱着新时代奋斗者的赞歌；每一度电流的跃动，都闪烁着智慧与汗水淬炼的光芒。

生于湖南、长于贵州的我，对这片土地有着深厚的感情。而作为华能人的一分子，望着这些钢铁巨人，我心中不禁涌起一股难以言喻的震撼与感动，思绪也随之飘回往昔。

青衿之志，履践致远：
从鱼米之乡到大山深处

我出生于洞庭湖畔的湖南省常德市汉寿县。作为全国水量最大、水面面积第二的淡水湖泊，洞庭湖自古就有“八百里洞庭”之称。我对这片鱼米之乡的印象，几乎全来自母亲口中反复描摹的画面。她总带着怀念说起，常德桃花源是陶渊明笔下《桃花源记》中“武陵”的原型地，那里湖水潺潺漫流，芦苇丛在风里荡开轻柔的涟漪，水乡的灵秀本应是包裹我童年的温柔襁褓。然而命运的轨迹在幼年发生转折，20世纪60年代，因响应“三线建设”号召，我随父母迁至贵州修文。这片土地与母亲描述的江南水乡截然不同，是典型的喀斯特地貌，将贵州“地无三尺平”的特质展现得淋漓尽致。山路崎岖不平，交通极为闭塞，泥泞的小道穿梭在山林间，满是艰难险阻，外出一趟往往要耗费大半天。即便如此，父辈们依然怀着“舍小家、顾大家”的信念，义无反顾地扎进这片荒芜之地，在大山深处挥洒热血，用双手与智慧，铸就了艰苦创业、无私奉献的“三线精神”。

也就是这样，贵州修文成了我的第二故乡，“三线精神”的底色也深深浸润着我的整个青春岁月，回首过往，仿佛一切早有安排，父辈的选择似乎早已为我日后继续扎根贵州这片土地埋下了种子。

1992年盛夏，我大学毕业，怀揣着对会计事业的热爱与憧憬，回到了家乡父母所在的三线企业011系统单位，开始了财务工作生涯。那时的我，雄心壮志、满腔热血，深知前路漫漫，却也无畏无惧。1996年，经过不懈努力，我幸运地通过了全国统一“会计师”职称考试，成为修文县当年唯一一个通过该考试的人。这份荣誉不仅是对我专业能力的认可，更是激励我继续前行的动力。

我与华能故事的起点，要从1998年说起。那一年，香港回归的喜悦与春晚《相约1998》的旋律交织在一起，成为时代的印记。而我，恰逢28岁的人生节点，加入了贵州省国际信托投资公司，这便是华能贵诚信托的前身。初入新的环境，我满心都是对未来的憧憬和激情，渴望在这片充满机遇的沃土上施展自己的才华。当时的我并未意识到，这不仅是职业生涯的新起点，更是与华能命运交织的开端。

入职后的日子充满了挑战与机遇，我如饥似渴地学习金融专业知识，努力适应新环境，在实践中不断成长。然而，入职十年后的2008年，公司因经营不善遭遇停业重组风波。面对职业生涯突如其来的变故和未知的将来，我没有选择逃避或放弃，在华能集团“绝不落下任何一个兄弟姐妹”的情怀感召下，我主动迎接挑战，继续坚守，积极投身于公司的重组工作之中。在参与重组的过程中，我也逐渐了解到华能集团那些关于红色基因、绿色发展、蓝色创新的故事，第一次触摸到了华能“三色”文化精神的温度。

这段经历让我深刻领悟到，人生的每一个选择都如同命运长河中的一个涟漪，虽然看似微不足道，却在不经意间推动着我们的人生之舟驶向未知的远方。而华能，宛如我人生旅途中的璀璨星辰，为我照亮前行的道路，给予我无穷的勇气与力量，引领我一路向着光明前行。

中流击水，奋楫前行：在砥砺奋进中破茧成蝶

奋斗者的征程永远与时代共鸣。公司重组的关键时期，我被选派到北国投调研。犹记初到北京，2008年北京奥运会的余热尚未散尽，当出租车驶过鸟巢和水立方时，奥林匹克五环标志在阳光下格外醒目，让我不由自主地想起奥运健儿“更高、更快、更强”的竞技精神。这种精神与企业变革中的奋斗姿态产生奇妙共振——都需要突破极限的勇气和追求卓越的信念。在北国投学习期间，我受益匪浅，亲眼见识了同业的先进管理理念和卓越业绩。通过对标行业标杆企业的成熟模式和创新实践，我不仅看到了自身差距，更明确了追赶方向：将先进理念转化为实际行动，才是推动企业高质量发展的关键。这段经历不仅拓宽了我的专业视野，更让我对公司重组后的发展充满信心，因为我深知：属于奋斗者的舞台，永远为执着前行的人亮起聚光灯。

时间是最好的见证者。2009年，公司启动第一个五年规划，我内心满是忐忑与期待。这是一场艰巨的挑战，无法一蹴而就，需要我们立足当下，谋划长远。目标如同灯塔，为团队指明方向，激发无限潜能。为了实现目标，我们制定了详细的业务发展计划和风险控制措施。全体员工齐心协力，加班加点，奋力拼搏。

2009年除夕的情景，至今都清晰地印在我的脑海中。窗外是家家户户张灯结彩、鞭炮声声的团圆景象，而我和同事们却在公司紧张忙碌。为了让公司恢复营业后的首笔4000万元信托贷款能在节前发放出去，我们争分夺秒地核对每一个数据、签署每一份文件，每个环节都容不得半点差错。当在贵阳银行柜台落下最后一个签章的瞬间，这场与时间赛跑的胜利，比春晚的钟声更令人心潮澎湃。这种超越了节日喜庆氛围的满足感，让我深刻地体会到了团队协作的强大力量，也让我更加坚

定了自己的职业信仰。这份执着最终在公司重组的第一年铸就了里程碑式的成绩：新增信托业务规模228亿元，利润达到了1亿元，与原机构历史峰值相比，实现了几何级的增长！这些曾经遥不可及的目标，在全员凝心聚力的拼搏中化作现实。所谓奇迹，不过是一群有着相同志向的人，把原本不可能完成的任务，一步一步地变成了可能。

思绪如潮，将我从那段砥砺奋进的岁月里轻轻唤醒。重组后的两年时光转瞬即逝，每一日的坚持都是对意志的磨砺，每一次的挑战都为心灵注入新的力量。2011年7月，为配合公司项目顺利开展，我连续多日加班至深夜，不仅缺席了女儿中考择校的大事，更由于长时间的高强度工作和缺乏休息，最终因过度劳累引发了急性肠穿孔，被同事紧急送往医院进行手术。家人闻讯赶来，脸上满是心疼与埋怨："不舒服也不是一天两天了，你却总坚持上班、加班，要是早些去医院检查，也不至于拖成这么严重的后果。"我深知，地球离了谁都转，但在当时人手紧张、任务繁重之际，少一份战斗力就意味着给队友增加一分负担，我必须坚持。术后，伤口尚未痊愈，我便迫不及待地返回工作岗位，继续与同事并肩作战。

恍惚间，岁月的笔墨已晕染了双鬓，时光的脚步未曾停歇。如今，我已年过半百，与华能携手走过了十余个春秋。站在时光的这一端，我仿佛能看到刚毕业时那个对未来充满无限期待与憧憬的青涩少年。我想对你说："勇敢地向前走吧！相信自己，无所畏惧地去拼搏。你的每一份努力都会有所收获，未来一定会因为你的不懈坚持而变得更加美好。"

岁月雕琢成长。2021年，公司秉持给各年龄段"想干事、能干事、干成事"的同志提供晋升平台的用人理念，将时年51岁的我擢升为计划财务部总经理。镜中华发新生，我不禁恍然——那个曾在阳明洞踏青寻春的少年，已然成为华能巨轮上的一颗铆钉。新的工作岗位赋予了我更重的责任，也让我更加坚定了为公司发展贡献更多力量的信念。我带领团队积极推进财务管理工作创新，优化财务流程，提高工作效率，为公司的发展提供了有力的财务支撑。

临近退休，看到不少体制内的同龄人近两年都已陆续转岗或退居二线，我心中难免会生出一丝羡慕。然而，公司的“奋斗者文化”如同一座灯塔，始终照亮着我前行的道路，让我一刻也不敢有丝毫懈怠。2024年8月8日，那是我父母的“钻石婚”纪念日，本应是全家欢聚一堂，共享天伦之乐的温馨时刻，我却因工作繁忙，只能在公司附近的餐厅，匆匆与家人共进晚餐。饭后，便立即返回工作岗位，继续投入到紧张的工作中。其实，这样的场景早已成为我职业生涯的常态。

作为一名有30年党龄的老党员，在信托公司默默耕耘了28年的平凡人，我用自己的奋斗与拼搏，为华能贵诚信托的不平凡发展贡献了青春与汗水。那些年的努力，如同片片雪花，融入了公司的长河。作为重组前的老员工，我亲身经历了老公司因风险爆发而陷入业务停滞的低谷时期，那时的困境是一片黑暗的深渊，吞噬着我们的希望。但幸运的是，我也亲眼见证了公司重组后，一步一个脚印，从行业倒数第一稳步攀升至第一梯队的涅槃重生。这段历程充满了艰辛与不易，每一步都像是在荆棘中前行，让我更加珍惜今天来之不易的事业平台。这份历史见证不仅增强了我的自豪感和归属感，更像是一股无形的力量，激发了我为公司发展贡献更多力量的决心和信心。

心怀热忱，逐光而行：
三线基因与心学智慧的传承

回望职业生涯中的坚守，始终给予我支撑的力量，既有父辈们在三线建设中“献了青春献终身”的精神淬炼，也浸润着王阳明先生“致良知”“知行合一”的哲思清泉。

20世纪60年代初，新中国面临内忧外患的严峻的局势，以毛泽东主席为首的中共中央作出了三线建设的战略部署，指示“备战备荒为人民”和“好人好马上三线”。国防工业最重要的除了核工业以外，就是在后方三线建设四大航空基地、八大航天基地、三大电子基地，而“云贵川”西南三线地区的项目投资占到全国三线建设的三分之一。

那个年代，我的父母响应国家号召，和数百万热血澎湃、忠诚坚定的建设者告别故乡、奔赴贵州，踏上三线创业的艰苦奋斗征程。作为建设者的后代，我自幼见证了他们“一不怕苦、二不怕死”的作风。在那个物资匮乏、条件艰苦的年代，他们克服了一个又一个困难，在建设中忘我奋斗，与天斗、与地斗、与恶劣的自然环境斗，在云贵高原的崇山峻岭间，用汗水与智慧铸就了“艰苦创业、无私奉献、团结协作、勇于创新”的精神丰碑。记得父亲曾说起，技术员们挤在潮湿的山洞里，用算盘和手绘图纸攻克精密仪器的难关，最终让歼-7战斗机改进型号成功首飞，填补了我国高级教练歼击机领域的技术空白。1984年国庆35周年阅兵式上，我们011基地生产的8架歼-7型飞机掠过天安门上空时，许多在厂区大礼堂观看电视转播的建设者们都流下了激动的泪水。这种刻入生命的责任担当，一直指引着我的职业道路。无论是面对复杂的财务数据校验，还是处理跨部门的紧急协调工作，我总会想起父辈们在昏暗灯光下反复核算参数的专注神情。他们的故事让我明白，只有把“攻克每个技术细节”的执着态度延续到日常工作中，才能在专业领域取得更长远的发展。

我成长的地方——贵州省修文县，同时也是王阳明先生龙场悟道的圣地。遥想当年，龙场蛮荒未开，群山环绕，丛林密布，道路不通，物资极其匮乏。被贬至此的王阳明先生没有向困境低头，他虚心向当地少数民族学习开荒种地、采药伐薪，将生活实践与哲学思考紧密结合，最终在龙场驿悟出“致良知”“知行合一”的心学精髓。小学时期学校组织春游徒步三个多小时前往阳明洞的经历，让我第一次触摸到这种“事上磨炼”的智慧——青石板上深深浅浅的刻痕，诉说着思想淬炼的历程。这种熏陶在我成长过程中逐渐内化为一种思维方式。财务工作中看似枯燥的数据核对，实则需要“格物致知”的专注；跨部门协作中的沟通难题，恰是“知行合一”的实践机会。记得有次年度决算期间，系统出现了故障，我们只能手工核对数千条数据。当大家都很疲惫时，我跟同事们讲起了王阳明先生当年在缺纸少墨的情况下，用木炭在洞壁上书写笔记的故事，大家听后相视一笑，又继续投入到工作中。这种将困境转化为自我修炼的智慧，早已融入了我们的职业基因。

如今的修文县，王阳明先生悟道的龙岗山麓旁，现代化万亩猕猴桃基地如绿色波涛般绵延起伏。当载满果实的冷链车穿过阳明文化园驶向高速时，车轮碾过的不仅是贵州的山地，更承载着跨越时空的奋斗接力——这总会让我想起父辈们讲述的三线故事：当年他们用马车将飞机零件运出深山，而今我们用数据链贯通产业脉络。从山洞厂房到智慧果园，从手打算盘到财务共享系统，这片土地始终印证着最朴实的真理——无论是制造战机的攻坚岁月，还是管理数据的当下，唯有把“知行合一”的精神注入每个工作细节，才能在时代浪潮中踏稳脚步。作为这份精神的传承者，公司正以多维路径践行乡村振兴使命：在修文县谷堡乡索桥村的青山翠谷间，积极开展消费帮扶，让猕猴桃带着露珠走向城市餐桌；走进赫章县古达乡，为发科小学孩子们筑起窗明几净的求知殿堂，琅琅书声与山间鸟鸣交响成诗；而在荔波水浦村，与清华学子共建的“邓恩铭红色工坊”里，水族阿姐的指尖跃动着马尾绣的千年纹样，米酒陶瓮封存着时光的醇香，数字技术正为水书文字注入新的生命密码。从厂房机械的轰鸣到果园数据的流转，从讲台上的粉笔字到工坊里的非遗针脚，每一份投入都在构筑产业根基与人文薪火并进的明天，每个数字都闪耀着知行合一的光谱。

榜样的力量是无穷的。在职业生涯中，我遇到了许多优秀的领导与同事，他们不仅在工作中给予了我无私的帮助与支持，更在精神上给予了我巨大的鼓舞与激励。我至今仍清晰记得，公司重组初期，领导们带领团队驻扎在台湾大厦夜以继日工作的场景——连续数月以办公室为家，深夜的灯光下是伏案疾书的身影，凌晨时分仍在处理工作邮件，节假日里此起彼伏的电话会议声从未间断。这种忘我投入的敬业精神，深深感染着整个团队。直到现在，每当看到领导们深夜发来的工作短信，依然能感受到那份沉甸甸的责任担当。

在计划财务部这个温暖的集体里，十七年的光阴镌刻着太多共同奋斗的印记：记得那年大雪纷飞，我们拖着行李箱深一脚浅一脚地赶往北京参加决算会审；忘不了无数个通宵达旦的夜晚，大家一边吐槽系统卡顿一边核对预算数据；更难忘与事务所老师们反复推敲凭证时的专业交锋，以及那些和同事们守着电脑跨年的特殊夜晚……这些平凡却鲜活的画面，串联成我们财务人独有的集体记忆。作为从业多年的财务工作者，我们深知每个数字背后的分量。年度财务决算往往需要持续数月之久，最终形成的报告书总是厚如典籍。从基础数据的逐项核对，到报表间的精密钩稽；从与业务部门数十次的沟通协调，到与银行、税务等外部机构的反复对接；从原始凭证的溯源查验，到附注说明的字斟句酌——每个环节都凝聚着专业判断，每项数据都需要翔实材料支撑，每次报送都要经受层层审核。正是这份精益求精的执着，让我们在平凡中创造着不平凡。

靠着团队的精诚协作，我们连续斩获华能资本服务有限公司“财务会计报告优秀单位”、中国人民银行贵州省分行“调查统计工作优秀奖”、国家金融监督管理总局贵州监管局“监管统计工作优秀奖”及公司“先进集体”等系列殊荣……这些承载着集体记忆的勋章，不仅是我们一步一步收获成长的见证，更时刻提醒我们：财务工作恰似永不停歇的远航，唯有始终保持敬畏之心，才能在数字浪潮中锚定价值；唯有以协作为船桨，才能在报表版图上绘制团队的经纬。

山河为证，岁月为名：
黔地蝶变中的时代交响

华能的奋斗史，既是企业砥砺前行的成长史诗，更是一曲与时代脉搏共振的恢弘交响。在深耕产融协同的征程中，华能始终以赤子之心践行“央企报国”理念，将助力贵州经济社会发展的使命融入血脉。

在“中国脱贫攻坚看贵州，贵州脱贫攻坚看毕节”的时代壮歌里，华能人的担当镌刻在乌蒙深处的山山水水。毕节地处乌蒙山腹地，喀斯特地貌占比达73%，石漠化面积占28.3%，作为全国14个集中连片特困地区中“贫中之贫”，曾以26.92%的贫困发生率成为脱贫攻坚硬骨头。

遵循习近平总书记关于脱贫攻坚工作重要论述和贵州省委、省政府决策部署，公司主动担当央企责任，自2019年起选派驻村“第一书记”，对毕节赫章县古达乡官房、发科两个深度贫困村开展定点帮扶。公司累计投入帮扶资金近千万元，实施了照明安装、饮水工程、环境卫生整治、援助特困老人、捐赠种子化肥等40余个扶贫助农项目。从安装太阳能路灯照亮山乡夜晚，到建设“党建+积分超市”；从捐赠20吨蔬菜保障疫情期间民生，到设立“华能信托助学爱心基金”阻断贫困代际传递，扶贫干部们传承“三线精神”，用脚步丈量民情，以实干践行初心。当昔日的茅草屋变身青瓦白墙，当辍学孩童重返校园，这场在黔贵大地落地生根的山乡巨变，印证了央企坚守“人民电业为人民”的初心如磐。

站在海拔2900米的韭菜坪之巅，“中国华能”的风机矩阵犹如白色森林，讲述着贵州首个风电项目的传奇。在喀斯特地貌上筑就绿色丰碑，建设者既要攻克设备运输的“七十二道拐”，又要创新高海拔风机防腐技术，更需平衡生态保护与能源开发。这座总装机容量约为30万千瓦，年均发电量超6亿千瓦时的绿色电站，恰是华能集团“三六六”发展战略的生动注脚——通过绿色ABCP资产证券化等金融工具，将风电、光伏等清洁能源的“生态账”转化为高质量发展的“经济账”，为西南地区能源结构转型树立标杆。

当赤水丹霞遇见数字艺术，当屯堡地戏碰撞街舞潮流，贵州正以文化“两创”重塑旅游基因。在“红飘带”长征数字艺术馆，增强现实技术让历史场景跃然眼前；阳明文化研学基地里，AR眼镜让古籍文字化作竹林间的舞者。更令人称道的是文旅融合的“贵州智慧”：西江千户苗寨将吊脚楼群落转化为活态博物馆；镇远古城借力“夜经济”让明清商埠重焕生机，而“村BA”“村超”“村T”的破圈传播，更将民间体育赛事升华为文化认同的盛典。这种“传统为体、创新为用”的融合之道，让每处山水都成为讲述中国故事的文化IP。

在贵州喀斯特地貌的褶皱里，崇山峻岭与深切河谷曾是文明交融的天然屏障。但贵州建设者以“逢山开路、遇水架桥”的硬核担当，在云巅之上书写了人类桥梁建设史上的传奇篇章。花江峡谷大桥以625米垂直高度与1420米主桥跨度，刷新两项桥梁工程世界纪录；北斗卫星毫米级定位系统让千米高空的钢桁梁拼接误差控制在毫米级，彰显大国工匠极致追求；平塘特大桥则创新“交通+旅游”模式，将服务区升级为天文观测站，使“天空之桥”成为连接“中国天眼”的星际驿站。这些跨越时空的超级工程，不仅串联起夜郎遗址与大数据中心，更让千年茶马古道在数字时代焕发新生。当“县县通高速、市市通高铁”的立体交通网成型，贵州正以平均每三天建成一座大桥的速度，将地理劣势转化为开放优势。如今，万座桥梁如银虹飞架，让苗岭深处的茶香通过杭瑞高速飘向世界，让侗寨的笙歌借助厦蓉通道融入现代节拍，每座桥都成为贵州后发赶超的时代注脚，在“天堑变通途”的山河协奏曲中丈量着中国梦的实现速度。

在蜡染匠人的经纬线间，在数据中心跳动的代码里，贵州演绎着传统与现代的共生美学。雷山苗绣工坊通过电商平台将非遗技艺销往全球，而华为云基地的服务器正为传统文化建立数字档案。这种二元融合的智慧，在毕节扶贫车间尤为显著：光伏板下种植中药材，既保住了绿水青山，又创造了金山银山。当5G信号穿越千年梯田，当数字新媒体技术赋能侗族大歌传承，这片土地证明：真正的现代化从不是抛弃传统的独奏，而是守正创新的交响。

站在“十五五”新征程，贵州的蝶变故事仍在续写……

中国天眼

弦歌不辍，薪火相传：致奋斗者的时代答卷

在我看来，“奋斗者”并非仅仅是一个简单的称谓符号，它承载着一种精神，彰显着一种态度，凝聚着一种品格，是爱岗敬业、甘于奉献的生动体现。时光流转，岁月变迁，时代的舞台永远为奋斗者而搭建。我清楚地知道自己只是茫茫人海中的一个普通人，却无比幸运地加入了一个伟大的集体，遇到了一群志同道合的领导与同事。在共同奋斗的过程中，我们早已将公司当作自己的精神家园，在这里找到了实现自我价值的广阔天地，也真切地感受到了身为华能人的无比骄傲。

当前，公司正在“二次创业”的高质量发展新征程上稳步前行。这不是一句空洞的口号，而是公司在面对日益严峻的市场环境时，力求突破、积极求变所做出的必然抉择。其艰难程度，丝毫不亚于2008年公司重组时期所经历的重重挑战与考验。然而，我坚信，只要我们每一位员工都能心怀强烈的责任心与使命感，坚守本职岗位，敬业奉献，心往一处想，劲往一处使，凝聚起众志成城的磅礴力量，就必定能够披荆斩棘，跨越一切艰难险阻，顺利实现二次创业的宏伟目标，进而开拓出一片充满无限可能的崭新天地。

在红色基因传承中淬炼初心，在蓝色创新浪潮中勇立潮头，在绿色发展征程中担当使命——这是华能集团在我心目中的形象。我们以矢志不渝的专业精神，执着追求卓越品质，每一项工作都力求做到尽善尽美；以无畏的勇气，积极突破传统思维的禁锢，不断开拓创新，探索全新的发展路径；以海纳百川的胸怀，广泛汇聚各方英才，无论背景、经验，皆能在此找到施展才华的舞台。这种文化如同黄果树瀑布般奔腾不息，既传承着三线建设者“献了青春献终身”的赤诚，又激荡着新时代奋斗者“敢教日月换新天”的豪情。在这样的文化浸润下，我们不仅收

获成长，更结下深厚情谊。在这里，我们能够心无旁骛地尽情施展才华，在实现个人价值的道路上笃定前行，不断绽放光彩，携手公司迈向更加辉煌的未来。

很快我就要离开工作岗位了，回首在华能工作的岁月，心中充满了对过往经历的感慨、对未来生活的憧憬，和对公司、对同事们的不舍。那些挑灯夜战的夜晚，那些与同事并肩作战的日子，那些在困难中咬牙坚持的时刻，都成了我生命中最宝贵的财富。我感恩华能，是您给予我成长的平台，让我在奋斗中绽放青春芳华；感恩同事，是你们给予我支持与鼓励，让我在前行的路上温暖常伴。

从乌蒙高原第一台风机如破土新竹刺破苍穹，到清洁能源项目如繁星缀满苗岭褶皱，这片土地不仅镌刻着我的青春足迹，更见证了华能集团与时代同行的铿锵步伐。当晨雾漫过光伏矩阵的玻璃幕墙，都匀毛尖的嫩芽在板下舒展新叶，茶青在铝合金支架间流转成溪——这是土地在能源革命中焕发的新诗意。当暮色中的叶轮剪影与侗寨炊烟交织，那些披星戴月的坚守、突破创新的勇气，早已化作贵州高原上最动人的奋斗史诗。每一处叶影婆娑，每一缕炊烟袅袅，都诉说着这片土地从传统走向现代的蜕变。绿色动能如春风化雨，润泽着乡村的每一寸土地，唤醒沉睡的山川，让希望的种子在每一寸土壤中生根发芽，绽放出更加绚烂的花朵，为乡村振兴铺就一条康庄大道。

道阻且长，行则将至；行而不辍，未来必达。愿华能的灯火如繁星点亮贵州的夜空，每一盏都映照着奋斗者的脸庞；愿乌蒙的云瀑为家乡洗去铅华，让绿水青山生长出幸福的模样；愿并肩作战的伙伴们永远怀揣赤子之心，让每个故事都成为银河中闪烁的星光。待时光将这些片段酿成苗岭的清泉，定能润了心田，甜了梦乡。■

鵬徙南北
改革潮吞日月来

按语

鹏徙南北，展翅翱翔，改革潮涌吞日月。“鹏徙南北·改革潮吞日月来”，以壮阔的笔触，勾勒出华夏大地上两幅改革与发展的生动画卷。

南国之巅，深圳鹏城。当梧桐山的簕杜鹃遇见牛津的赛艇桨，这座城市正把芯片装进龙舟龙骨，让硅谷思维在潮汕卤汤里沸腾。

北国之心，车公庄西。西直门城楼下，六百年前的商队烟尘化作今日的资产证券化交易，展览馆的红星见证着金融团队在格子间编织起了看不见的金融经纬。

一南一北，两幅画卷，共同见证了改革的力量与智慧。从京畿金融公司的莫比乌斯环，到湾区产研前线的飞行轨迹，正是这些南北褶皱里的日日夜夜，诉说着发生在具体坐标里的改革故事。

深圳

深圳，这座位于中国南部的现代化大都市，其发展历程堪称世界城市史上的奇迹。古代深圳地区曾是南越国辖地，明清时期属新安县管辖，以渔农经济为主。1980年，深圳被设立为中国第一个经济特区，从此开启了举世瞩目的“深圳速度”。短短四十年间，深圳从一个人口不足3万的边陲小镇，蜕变为人口超2000万的国际化创新之都，创造了世界工业化、城市化、现代化的发展奇迹。如今的深圳不仅是粤港澳大湾区的核心引擎，更是中国高科技产业的标杆城市，孕育了华为、腾讯等世界级企业，谱写了当代中国最激动人心的城市发展篇章。

“我加入华能信托之初，就在深圳业务总部。在深圳生活工作多年，我从一名华能金融人的视角，对于粤港澳大湾区的历史与现在，有着别样的体会。”

——叶涵洋

叶涵洋，凝聚态物理博士，博士毕业于英国牛津大学，本科毕业于浙江大学，学习期间获得中国国家留学基金委牛津专项奖学金（公派）、牛津大学中国奖学金、浙江省优秀毕业生、浙江大学优秀毕业论文等荣誉。2021 年加入华能贵诚信托有限公司，现任研究部研究员，投资研究方向为清洁能源、智能制造、泛半导体等，曾获得 2023 年度公司优秀党员荣誉。

看见深圳

“女士们，先生们：飞机已经降落在深圳宝安国际机场，外面温度36摄氏度……感谢您选乘深圳航空公司班机！我们下次路途再会!”拂去一路的颠簸，迎面而来的是温暖湿润的海风，在2021年夏天凤凰花开得正盛的时节，我拿到了牛津大学物理学博士的学位，提着两个行李箱，只身一人来到中国改革开放的桥头堡——深圳。在这里，我作为华能信托产业博士计划的一员，开始了我与华能集团，与深圳这座城市的不解之缘。

地铁与飞机：触摸城市的脉搏

作为“北上广深”超级都市俱乐部里的一员，相比较北京、上海这种“巨无霸”城市，深圳的“个头”算不上数。因为市政建设历史比较短，至今仍能时不时听到深圳“三大特产”之一——打桩机——的轰鸣。

这座年轻的城市在日新月异地成长着，没有沉重的历史包袱，也成就了它四通八达的公共交通网络。在深圳这座以速度著称的城市里，地铁不仅是钢筋水泥的延伸，更是城市血脉的流动。它串联起摩天大厦与山海湖泊，承载着普通人的奔波与烟火气的诗意。如果说深圳是一部永不停歇的机器，地铁便是它的齿轮，精密咬合，昼夜不息。

深圳的4号线是一条纵贯南北的线路，自福田口岸延伸至龙华，既是深港交融的纽带，也是市井生活的缩影。刚来深圳的我，便“光荣”地成为住在龙华、工作在福田的通勤族。在我的印象里，4号线一直是那么忙碌。如果要评选深圳“班味”最重的地铁路线，4号线一定在这个排行榜上排名靠前。清晨，跨境学童的嬉闹声与上班族的步履匆匆交织在福田口岸站；傍晚，少年宫站的灯光亮起，孩子们奔向书城与科技馆，求知的目光在夜色中闪烁。而在龙华站，夜市摊贩的吆喝声与地铁广播的提示音此起彼伏，一碗热气腾腾的猪脚饭，慰藉了无数深夜归家人的胃与心。

如果你想逃离喧嚣，8号线是一个特别的选择，它会带你奔向深圳的“蓝色心脏”——大小梅沙。梅沙，实则是“糜沙”的谐音。“糜”字本身就有细腻、分散的意思。大梅沙、小梅沙，就是深圳海岸线上两处沙子特别细腻的沙滩。连接盐田港和福田市中心的8号线，见证了深圳这座城市从小渔村向大都市的转变。随着列车驶过盐田港，窗外渐次展开的是碧海金沙的画卷。终点站小梅沙，浪花轻吻沙滩，海风裹挟咸香，都市人在这里卸下疲惫，赤脚追逐潮汐。8号线中途的梧桐山南站，则是登山者的起点，蜿蜒绿道直通云顶，俯瞰城市天际线与海湾的缠绵。这条线路仿佛城市的呼吸阀，让快节奏的深圳人得以在自然中重拾慢生活的韵律。

除了8号线直通海湾，深圳能看到海的地铁还有很多，如被称为“最美海岸线”的11号线，便将机械的轨道铺成了诗行。碧海湾至机场段凌空飞架，车窗化作取景框：黄昏时分，夕阳将深圳湾染成金红，归巢的白鹭掠过波光，手机镜头定格这一刻，朋友圈便多了一抹治愈的晚霞。沿途站点更是藏满惊喜——后海站的“春笋”大厦与人才公园的星光桥，书写着创新与致敬的篇章；沙井站的清平古墟，青石板路与斑驳骑楼低语着两百年的沧桑，咖啡香与老糖水铺的烟火在此奇妙交融。深圳人的生活，因地铁而折叠了时空。早高峰时，西装革履的白领在“强冷车厢”敲击键盘；周末，亲子家庭推着婴儿车走进母婴室，温奶器的蒸汽氤氲出温情。夜幕降临，11号线的末班车仍载着看海归来的人群，他们衣角沾着细沙，手机里存着涨潮的录音，而地铁站口的共享充电宝柜，永远为这份浪漫续满电量。

记得刚工作那会儿，我和同事林博士都住在龙华附近，于是下班结伴赶4号线地铁回家，便成了我们的通勤日常。结束了一天工作的疲惫，我们喜欢在回家的路上聊聊最近在研究的行业和公司，他聊他的半导体，我聊我的新能源，后来田博士也加入了我们的地铁侃大山小组，先进装备从此也成了我们的谈论话题。加入华能信托之前，我们都在各

暮色中的盐田港

自的领域里面深耕技术。在华能信托工作的这几年，我们深刻地认识到金融和产业的结合与互相赋能，是助力产业迈向更高质量发展的必由之路。刚工作的年轻人总会憧憬未来，拥挤的地铁车厢成了梦想主义者们高谈阔论的小天地，绵延的铁轨带领我们走进金融投资的大千世界。这座城市的地铁，是钢铁铸就的柔情。它记得每一个追梦者的早出晚归，也收藏着山海之间的每一次驻足。在车轮与轨道的碰撞声中，深圳的故事，永远在下一站续写。

为了深入产业，赋能金融，华能信托有着独特的产业博士机制，我们邀请各行各业优秀的博士专家成为我们的产业研究员，为公司各个团队的投资研究和募资展业提供智力支持。新能源车、清洁能源、半导体、医疗医药、大化工、大消费……各大投资赛道均有我们产业博士的身影，为公司研究投资和业务机会，跟随各个投资团队进行业务尽调，出具产业报告和公司白名单。这样的跨公司协调机制让我们灵活高效地服务整个公司的各个团队。虽然工作地点在深圳业务总部，我却经常要飞到中国的各个城市支持我们的投资团队。“空中飞人”的工作状态让我对深圳机场有了更深入的了解。

深圳的早高峰不仅仅存在于深南大道和福田地铁站，它也出现在深圳宝安国际机场的航站楼里。晨光初透，宝安机场已如一台精密仪器般高速运转着。航站楼内，皮鞋叩击大理石地面的声响与行李箱滚轮的嗡鸣交织成密集的鼓点，西装革履的商务客们挟着公文包疾行，领带在晨风中扬起锐利的线条。值机柜台前蜿蜒的长队里，不时有人抬腕看表，手机贴着耳畔快速切换着中英文：“合同条款务必今天敲定。”咖啡店的蒸汽与电子登机牌的荧光在空气中碰撞，穿着修身套装的女士端着美式咖啡快步穿过人群，高跟鞋在反光地砖上敲出紧凑的节奏。安检通道的金属探测门如同吞吐人潮的闸口，皮带扣与钥匙串坠入塑料筐的脆响此起彼伏，X光机的传送带永不停歇地转动。玻璃幕墙外，跑道上每90秒便有一架银鹰腾空，引擎的轰鸣声透过隔音窗化作低沉的震颤，与候机厅广播里字正腔圆的航班信息共振成独特的晨曲。休息室里，笔记本电脑屏幕的冷光映亮无数张紧绷的面孔，咖啡杯沿残留的唇印与PPT页面交替闪现。前往值机的通道里，两个擦肩而过的身影突然驻足——“张总？这么巧！”“李董你也赶早班机？”这样的偶遇对话，在弥漫着航空煤油气息的空气中稍纵即逝，如同投入急流中的石子，转眼间被更汹涌的人潮吞没。这座城市的晨曦，就在行李箱转轴的吱呀声与登机广播的催促声中，被装订成册，即将送往世界的每个时区。

我翻了翻工作以来的行程记录。从2021年工作至今，我已经因公出差飞行了100多次，平均每年飞行30多趟。从深圳宝安机场出发，我随着我们业务团队足迹遍及祖国的东南西北；去宁夏调研过硅片企业，在四川与硅料企业开展商务谈判，去内蒙古走访合作企业的生产基地，在长三角的各大新能源产业链公司拜访。“从产业中来，到产业中去”是我们华能信托人做产业金融的理念。理解产业，了解金融，立足集团，服务客户，华能信托在高端引领型产业赛道慢慢地积累了我们独特的产业认知优势。我也慢慢地从一个初出社会的博士毕业生，成长为一个对产业有认知，对金融有理解的复合型金融专业人士。从深圳宝安机场出发的一趟趟航班，见证着公司的成长，也见证着我的职业蜕变。

茶饮与猪脚饭：商业智慧与市井烟火的碰撞

广东人的“生意经”，总是和食饮有着千丝万缕的联系。和广府人打交道，是离不开吃早茶的。岭南的清晨总在茶香中苏醒，鎏金鸟笼吊灯下，老茶客用杯盖轻拨碧色茶汤，青花瓷碟里叠成宝塔状的虾饺、烧卖，恰似珠江商埠林立的货栈。自明清商帮在十三行崛起，茶桌便成了粤商纵横四海的棋盘——一盅两件之间敲定丝绸瓷器远渡重洋的契约，紫砂壶嘴倾泻的不仅是单枞醇香，更是白银与信用的流动。

骑楼深处的百年茶居，至今仍回荡着“叩指谢茶”的清脆声响。着香云纱的老掌柜手持铜壶穿梭，茶博士唱单声穿透雕花满洲窗，与证券交易所的电子屏遥相呼应。当代商人将早茶会称作“液体董事会”，虾饺皮下包裹的不止鲜美，更藏着并购案的密钥；肠粉滑过竹制蒸笼的瞬间，跨国订单已随茶香飘过伶仃洋。

茶楼账房的老算盘与CBD的电子账单，在普洱的沉香里完成时空对话。跑堂推着点心车唱喏穿行，红木桌上手机屏幕与青瓷茶盏交相辉映，潮汕商帮后裔用工夫茶演绎新的商业哲学——三指环杯是祖训，二维码支付是当下，茶汤里沉淀的，始终是岭南人“水滚茶靓，生意长做”的智慧。当月光爬上陶陶居的雕花窗楹，最后一批茶客仍在凤凰单枞的蜜韵中，将商业传奇续写进新的茶经。

在华能信托的深圳业务部，我最喜欢的地方便是公司的茶室。这里，是我们与客户建立联系的开始。一盏清茶，几句寒暄，卸下了商业客套的防备，留下来的是主客间交流的真诚。好的生意是交易双方都受益的，在我们的逻辑里，做优秀产业客户默默的陪伴者，与客户一同成长，是我们做产业金融最好的模式。记得有一次，我陪着我们业务部门的同事去广州银行洽谈产业金融合作业务。也是在广州银行的茶室里，客户和我们聊起华能信托的产业金融业务模式，对我们“做行业难题”的魄力赞赏有加：“华能信托的模式才是未来我们做金融的发展方向，银行的业务是越来越难的，靠下修利息率去揽客户的路子是没有未来的……”是啊，广府人的商业思维总是走在时代前列的，金融融入产业发展，才是金融业发展的最好模式，也是金融行业贯彻学习习近平总书记提出的“五篇大文章”的最好注脚。

深圳是一座融合了广府人低调内敛和潮汕人务实肯干的城市，“来了就是深圳人”的城市里面，除了有广式早茶的细腻软糯、雅致体己，也有潮汕快餐的简约务实、量大管饱。每当夜色降临，隆江猪脚饭的霓虹招牌在暮色中次第亮起，像撒落都市的星子，照亮打工人归途的饥肠。这道源自潮汕惠来的古早味，裹挟着潮商闯荡的烟火气，在鹏城落地生根。千年卤方熬煮的猪脚，在蜂窝煤炉上咕嘟作响，香叶与八角在浓油赤酱里翻涌，将潮汕平原的阳光封存在每一寸胶质中。

写字楼与工厂的交界处，塑料凳支起的流动摊前，西装与工装在此达成奇妙和解。十五元一份的饭盒里，颤巍巍的琥珀色肉皮叠成小山，酸菜与卤蛋是永不缺席的配角。建筑工地的黄头盔们蹲在马路牙子上大快朵颐，油亮的汤汁渗入粒粒分明的米饭，疲惫随升腾的热气消散在暮色里。深夜加班的程序员推门而入，老板不问“几位”只道“照旧”，案板剁肉的节奏比地铁报站更令人安心。这座城市用近五千家猪脚饭店铺编织成隐形的温饱网络，折叠椅上的食客们共享着同一种生存哲学：再匆忙的日子，也要让胃袋盛满实在的暖意。当最后一勺卤汁浇亮白饭，千万个异乡人的漂泊，便在这油润的慰藉里短暂靠岸。

我们做金融这一行的不免跑来跑去，上一秒还在和客户洽谈合作，下一秒可能就得出门尽调项目了。这时候一碗热腾腾的隆江猪脚饭，便是忙碌工作中的最后支撑和慰藉。猪脚饭的温润油亮，便是深圳这座曾经的小渔村，现在的大都市，为离家打拼的人保留的一抹厚实和质朴。

每次回家，我总是会为带什么深圳“特产”而烦恼不已。好像深圳的特产都不是特别适合带给家人，比如遐迩闻名的深圳“三大特产”：随处可见“突突突”的打桩机，此起彼伏声音洪亮的噪鹃，以及海南也没有的深圳特产海南椰子鸡……深圳这座新兴的城市，多的是“来了就是深圳人”的豪迈和兼收并蓄，却少了一点点历史的积淀和厚度。找来找去，我都找不到一种普普通通的深圳特产来用作走亲访友的手信。直到来深圳一年后，一直头疼深圳特产的我发现了一种深圳特有的腊肠——公明腊肠。

冬日的晨雾还未散尽，公明老街的骑楼深处已飘出阵阵醇香，竹筛上晾晒的腊肠泛着琥珀光泽，像一串串悬在时光里的风铃。这道始于1955年的市井滋味，在周山师傅的铜勺下完成了味觉革命——精盐、白糖、酱油、白酒以“三三三三”的黄金比例，将岭南人对咸鲜的执念灌入肠衣，从广式腊肠的甜腻里劈出一道清冽的深圳味。

蜂窝煤炉上的铁锅蒸腾着水汽，阿婆们守着祖传配方将后腿肉切成五毫米见方的星辰。菜市场的玻璃柜前，打工人用塑料袋装走二十元一截的腊味，油纸包裹的香气会穿过城中村楼道，在出租屋的阳台上与晾晒的工装共舞。放学孩童踮脚偷掰窗檐垂挂的腊肠，齿间迸裂的脆响惊飞了晾衣绳上的麻雀——这是刻进光明人DNA的童年记忆。

“宝安公明腊肠制作技艺”列入非遗名录，老作坊的竹筛依然承接着晨露。合成号的老师傅们仍用古法揉搓肠衣，案板震动频率与地铁13号线的施工节奏共振。腊肠煲仔饭的焦香从大排档飘向CBD，白领们用银筷挑起琥珀色的肉粒，嚼碎的是百年工艺，咽下的是特区四十年风云。这抹悬在骑楼窗棂间的咸香，早已成为深圳人味觉里的乡愁地标，在机械与烟火交织的都市褶皱中，固执地飘散着市井的温度。

算不得华贵，谈不上惊艳，甚至也数不上历史悠久，扯不出“乾隆下江南”的故事，但是公明腊肠以其独特的烟火风味和市井气息，成为我心中最能代表深圳的美食。

龙舟与赛艇：传统与现代的对话

作为牛津大学的毕业生，在英国读书的时候，我便经常参加牛津大学的赛艇运动。来到深圳工作之后，我发现广东人的龙舟运动和牛剑的赛艇运动有着异曲同工之妙。

岭南的龙舟文化如蜿蜒的河道，自战国渔人的木桨间流淌至今，在端午的粽香里激荡了两千余年。青铜器时代的浪花溅落在现代赛艇的碳纤维船身上，修长的龙舟载着楚辞的韵律劈开水面，龙首高昂处，是屈原投江时激起的永恒涟漪。

东莞东江边的百年龙舟坞里，老匠人正将桐油涂抹上柚木船舷。专职龙舟的龙骨要用整根坤甸木雕凿，二十八对桨位对应星宿排列，这是祖辈传下的天人之道。自宋代起，这片水乡便延续着“龙舟月”的狂欢，从五月初一到三十，村村寨寨的龙舟在屈大均笔下游弋如龙，“画船云合，首尾相衔”的盛景穿越明清烟雨，至今仍在东江上演。黎明前的祭龙仪式里，南海神庙的香火漫过新漆的龙睛，纸扎公鸡在船头振翅欲飞——岭南人相信，这些古老仪轨能让钢铁森林里的游子触摸到土地的体温。

当五月初五的朝阳跃出伶仃洋，珠江三角洲顿时化作沸腾的龙鳞。百舸争流中，鼓手的节奏是千年未改的心跳，舵手腰间的红绸带系着宗族的荣光。东莞“龙舟月”的狂欢里，老者与青年共执一桨，镀金奖杯与糯米雄黄酒，都是对先人最好的告慰。广州珠江两岸人潮涌动，现代龙舟赛延续着宋代“士女如山，乘潮下上”的热烈，深圳湾的金融新贵们脱下西装，古铜色臂膀击碎浪涛时，分明还是百越先民搏击风浪的模样。

现代龙舟划过历史的褶皱，世界锦标赛的电子计时器与青铜时代的日晷在浪花里对话。广东24项省级以上龙舟非遗项目，将龙舟制作技艺与竞技精神编入时代经纬。龙舟博物馆的玻璃柜中，明代的龙舟鼓与GoPro运动相机并置，传统匠人在非遗工坊里将5G芯片编入艾草香囊。当新一代龙舟冲过终点线，浪花里飞溅的不只是汗珠，更是一个族群穿越时空的集体记忆——那鼓点始终在血脉里轰鸣，提醒着岭南儿女：我们永远在激流中，永远在出发。

力争上游，奋勇争先的龙舟精神早已经融入了岭南人的血液中，在新时代的深圳，大沙河里不仅仅有雕龙画凤的龙舟，还有传承英伦优雅的赛艇。东方与西方的碰撞，就汇聚在珠江口的源流里。

而赛艇运动发源于英伦。在泰晤士河的朝希晨雾中，八人艇的木质桨片划破水面，荡起层层叠叠的时光涟漪。牛津赛艇的基因深藏在这座学府的骨髓里，自1815年Brasenose College（布雷齐诺斯学院）划出第一艘训练艇起，桨声便与塔楼的钟鸣交织成这座知识圣殿的独特韵律。当1829年查尔斯·华兹华斯在剑桥草坪掷下手套发起挑战，这条蜿蜒的河道便注定要流淌出横跨两个世纪的传奇。

基督教堂学院的船坞里，维多利亚时代的橡木桨架仍在吱呀作响。那些被历代学子手掌磨出包浆的船桨，曾托起过首相与诺贝尔奖得主的青春——丘吉尔在此领悟团队协作的真谛，霍金在舷边思索宇宙的波纹。每年三月春分时节，各学院的新生赤脚踏入刺骨河水举行“浸桨礼”，这近乎苦修的仪式让多少娇贵的指尖生出硬茧，却将“痛楚是荣耀的注脚”刻进牛津人的灵魂。

经济系博士生抹去镜片上的白霜，法学院新生在舵手口令中调整呼吸节奏，三十八个学院赛艇俱乐部的徽章在朝阳下闪烁如中世纪的盾

深圳牛剑赛艇队参与央视节目录制

牌。当测功仪数据在平板电脑上跳动，穿戴运动传感器的桨手们或许不曾察觉，他们的心跳正与1896年首届女子赛艇比赛的鼓点同频共振——那场冲破维多利亚时代桎梏的浪花，终于在2015年迎来了牛津剑桥女子对抗赛的正式加冕。

作为一个工作在深圳的华能人，我有幸参与了深圳牛剑校友赛艇队的活动。我们的队员来自五湖四海，因为一个共同的赛艇梦而聚到一起。在深圳，牛津和剑桥的学子卸下了对彼此的防备，组成联队进行训练和比赛。“能文能武，亦可赛艇”，诙谐幽默中是我们对生活的热爱和对工作的热诚。因为赛艇运动的机缘，我得以与中外顶尖金融机构的校友们共同交流合作。在一个个业务交流与合作中，我们一起为中国的金融强国梦添砖加瓦。

深圳和牛津的缘分不仅仅止步于水上运动。我刚来深圳的时候，牛津和深圳的合作并不多，但恰恰是这两年，深圳在飞速的发展中与世界各大顶尖学府开展广泛的交流与合作，其中自然也包括牛津大学。近年来，深圳和牛津大学展开了全方位、多层次的交流与合作。教育层面，2021年，牛津大学与中国科学院深圳先进技术研究院开展了学术交流与合作。2022年，牛津大学在深圳设立牛津赛德商学院深圳中心。2023年，牛津大学与南方科技大学建立了联合研究院，共建“大湾区智慧能源系统联合实验室”。同年，牛津工程系与清华大学深圳国际研究生院合作“未来能源系统”硕士项目。深圳大学与牛津材料系建立博士生联合培养机制，研究方向包括柔性电子、固态电池等。企业合作层面，牛津科技项目Oxford Nanopore（牛津纳米孔）2023年在深圳设立亚太研发中心，与华大基因合作开发便携式测序仪。2023年，华为与牛津大学建立联合实验室，研究6G通信基础理论、光子芯片等。2024年，牛津大学与比亚迪电池技术合作，共同开发固态电池电解质材料。深圳的建设也少不了牛津大学的参与，牛津大学作为顾问机构参与深圳光明科学城规划，贡献脑科学、合成生物等领域国际经验。2023年，牛津大学联合深圳市人民政府发布《大湾区碳中和路径白皮书》，提出“绿电+数字孪生”解决方案。2023年，牛津大学发布《深圳人口流动与住房政策》研究报告，为政府公租房规划提供参考。作为一个在深圳工作的牛津毕业生，当我罗列这一桩桩一件件牛津与深圳的合作项目时，一种自豪感从心底油然而生。深圳和牛津大学的合作，是东方与西方，古老与现代的碰撞，我期待着未来能够看到越来越多的这种国际合作。

生态与科技：自然与未来的交融

深圳是一座年轻的城市，几十年来，从沿海的小渔村逐渐成长为国际化大都市，不变的是它亲民的底色。深圳的市花是勒杜鹃，又叫三角梅。这是一种极易存活与生长的植物，耐贫瘠，不怕晒，长得快，开花旺，和深圳这座城市的风格一脉相承。很多人眼里的深圳，是略带着一点草莽和野蛮生长的劲头的。但近几年来，随着城市的进一步建设，缺了历史厚重感的深圳，这座被凤凰木与簕杜鹃装点的年轻都市，用一千多座公园编织出独特的生态网络，让科技文明的锋芒与自然野趣的温柔在此相拥。在这里，每一片绿叶都浸润着数字时代的露珠，每一处山水都倒映着创新之城的灯火。

梧桐山是深圳的最高峰。当晨曦穿透梧桐山的云霭，这座鹏城最高峰便成了水墨丹青的天然画板。沿着科学主题登山道拾级而上，簌簌竹海与智能导览屏交替出现，林梢栈道在光影交错间若隐若现，仿佛行走在现实与未来的交界。行至光明科学公园观景台极目远眺，360度的城市天际线与葱郁山峦在眼前徐徐铺展，草木芬芳随风飘散，构成最独特的感官交响。而深圳湾畔的红树林湿地，潮汐在智能监测系统守护下有节奏地漫过滩涂，弹涂鱼与招潮蟹在生态浮桥下自在穿行，都市人骑行在滨海绿道，抬眼便是白鹭掠过无人机航线的奇妙图景。

这座城市的绿色血脉里流淌着数字基因。当游客在莲花山顶瞻仰伟人雕像，手机轻触即可调取AR解说，邓小平铜像的目光所及之处，前海开发区正以区块链技术重塑城市肌理。公园长椅暗藏无线充电模块，自助咖啡机在31个公园吐纳现磨醇香，梧桐烟雨中升起的不仅是云雾，还有载着冰镇奶茶穿梭的无人机——20分钟的等待，科技便将海湾的清凉精准投递到游人掌心。更精妙的是生态与科技的共生：华侨城湿地里的智能灌溉系统与候鸟迁徙数据联动，当北归的鸬鹚振翅掠过，喷灌系统便自动调整角度，为生灵让出湿润的通道。

深圳的公园是多元文化的露天剧场。深南大道霓虹闪烁的夜晚，粤清园古亭内的咖啡师正以虹吸壶萃取岭南风情，茶盏与拉花奶泡碰撞出跨时空的味觉诗篇。自然剧场里，客家山歌与电子音乐在声控灯光下交织，移民者的乡音通过AI语音墙转化为光影涟漪。从南头古城的青砖黛瓦到腾讯大厦的玻璃幕墙，从观澜湖的生态球场到光明区的智慧农场，不同时空的文明切片在绿意中达成默契。正如深圳湾公园那些放风筝的孩童，手中的丝线既牵着传统纸鸢，也系着装有定位芯片的科技风筝，在碧海蓝天间书写着属于新时代的田园牧歌。

当暮色浸染中心公园八万平方米草坪，晚风裹挟着花草识别系统的数据流掠过人群。跑步者的步伐与路灯联动调节亮度，广场舞的律动激活地面感应屏的流光。这座城市以惊人的智慧将冰冷的科技编码转化为有温度的生态语言，让每个在“公园里的城市”栖居的灵魂，都能找到自然与未来共鸣的节拍。正如那株在5G智慧树屋旁绽放的簕杜鹃，既扎根于岭南沃土，又舒展向数字云端，绽放出属于深圳的独特芬芳。

在这座科技的城市里，当然也不会缺少绿色能源执牛耳者——中国华能集团的身影。2019年，华能集团与华为技术有限公司在深圳签署战略合作协议，双方将共同推动互联网、大数据、人工智能与实体经济的深度融合，实现优势互补。2024年，华能集团与华为进一步成立华能—华为新能源联合创新实验室，专注于开发智能能源解决方案，以应对未来能源结构转型带来的挑战。此外，华能集团于2023年与深圳建科院合作，在深圳前海共同推广建筑光伏一体化（BIPV）项目，目前已经落地20万平方米的装机。华能集团还在深圳布局指挥能源园区，集成分布式能源、储能、充电桩等，提供多能互补解决方案。视野再宽一点，在粤港澳大湾区，华能集团的项目鳞次栉比，汕头勒门海上风电

二期、阳江三山岛海上风电、粤东千万千瓦级基地、湛江雷州“风光储一体化”基地、肇庆麒麟山光伏、华能广州花都赤坭渔光互补项目、梅州光伏+储能示范、佛山绿氢制备基地……华能集团在广东已形成“沿海风电走廊+内陆风光储基地+大湾区综合能源网”的三维布局，并通过技术创新（漂浮式风电、液流储能）和模式创新（海洋牧场融合、虚拟电厂）保持领先地位。未来将重点突破深远海风电（五十千米以外海域）和氢能船舶燃料领域。深圳这座超级城市的发展离不开新能源的强力支持，而华能集团也将凭借自身在能源科技领域的深厚积淀，为深圳的发展保驾护航。

结语

深圳，是一个匆忙与闲适并存，历史与现代同频，自然与科技交织的城市。繁忙的地铁与拥挤的航班，展现着深圳作为中国核心都市的活力与朝气；广式早茶的悠闲与深圳本土食饮的风味，折射着这座移民城市的人文关怀；老广东的龙舟竞渡与年轻人的赛艇比拼，带给我们悠久历史与世界文化的碰撞；而山海连城的自然美景与科技城市的智慧发展，碰撞出新型城市的发展新篇章。每一次来深圳，我总会被她的飞速发展所震撼。那株扎根数字云端的簕杜鹃，正以特区独有的芬芳，向世界讲述着中国式现代化的深圳故事。■

北京

华能贵诚信托有限公司是由中国华能集团有限公司作为实际控制人，华能资本服务有限公司控股，贵州省及国内多家大型国有企业参股的非银行金融机构。于2008年由华能资本服务有限公司在原贵州省黔隆国际信托投资有限责任公司基础上增资扩股重组而成；2009年1月正式更名为华能贵诚信托有限公司；2009年2月经原中国银监会批准，公司换发新的《金融许可证》，同年3月正式恢复营业。

十余载耕耘，华能信托在经营规划、信托业务、运营机制、队伍建设等方面逐渐形成特色核心竞争力。在应对外部严峻形势和竞争压力下，公司始终秉承华能“三色”文化，恪守“诚信、专业、创新、和谐”执业之本，坚守金融和信托的本源，严守风险防控底线，所取得的优异业绩、卓越的综合表现得到各界认可。

截至2024年末，公司注册资本为人民币61.95亿元，净资产283.85亿元，累计发行信托规模超7.2万亿元，综合实力保持全行业领先地位。

“从车公庄到西直门，记录了我在金融行业的成长历程和对职业价值的深刻理解。”

——曾菱衣

曾菱衣，2011 年高考湖南省文科第 2 名，毕业于北京大学。曾就职于普华永道中天会计师事务所北京分所，2019 年加入华能贵诚信托有限公司，现任信托业务总部信托经理职务。

车公庄西札记
在时空褶皱里织就金融经纬

时空长河里的坐标原点

华能信托北京总部坐落在北京市西城区西直门外大街阳光大厦，入职后的这几年里，我每天都要在四九城的东西两端往返，对公司附近的车公庄西这个地铁站名再熟悉不过。

车公庄之名源自“车轱辘庄”。关于车轱辘庄的由来，一说是因为此地长有车轱辘草，每年农历三月常有人前来采摘，久而久之形成村落，称“车轱辘庄”；又一说是因为明清时期，此处是通往城外的土路，马车走过后在路面留下车轱辘印记，路旁村落因此得名。

踩着前人留下的轨迹，穿过网信办，绕过买菜的大爷大妈，路过小学整齐稚嫩的早读声，最终抵达每日通勤的终点。站在阳光大厦五层的落地窗前俯瞰，这座城市如同摊开的四库全书，每个建筑都是凝固的墨迹，透明的玻璃幕墙仿佛时空棱镜，不同时空在此折叠交错。向南四千米，金融街的摩天楼群勾勒出当代资本的天际线。金融街的历史可追溯至元代金城坊，其名取自《史记·秦本纪》“金城千里”的恢弘意象，因元大都规划而兴，元明清时期发展为银号、钱庄聚集的商业与金融中心。近代虽因战乱一度衰落，但深植于此的金融基因在1992年正式启动现代建设之后重焕生机，经国务院批复成为国家级金融管理中心。如今，金融街传承千年金融文脉，南起复兴门内大街，北至阜成门内大街，西抵西二环路，东临太平桥大街，汇聚国家金融管理部门、1900余家金融机构及175家总部企业，管理资产占全国近1/3，成为国家经济改革的核心引擎。

向东九百米，西直门的青灰色石板上倒映着六百年前商队扬起的烟尘。西直门是北京内城的九大古城门之一，自元朝开始就是京畿的重要通行关口。由于北京的水源地多位于北京玉泉山附近，因此明清时期，皇城中所需的御用水从玉泉山途经西直门运进北京，所以西直门又被称为“水门”。作为京张古道关沟支线的起点，西直门是商旅出城后向西北延伸的重要门户，也是近代京张铁路的起点，承担着重要的商贸、军事和物资运输功能。如今，西直门仍是北京西北向交通的核心节点，京张高铁的北京北站、地铁2号线与13号线换乘站均位于此，古往今来的陆路交通在此发出穿越时空的交响，不变的是西直门的交通枢纽地位。

向北五百米，展览馆尖顶上的红星与莫斯科红场建筑遥相呼应。作为新中国成立后的第一个大型综合性展览馆，其建设不仅体现了当时中苏两国的紧密关系，也见证了中国从封闭走向开放的历史进程，是展示新中国建设成就和对外交流的重要窗口。今天的北京展览馆，已经不只是一个展览场所，更是一个集文化、艺术、科技、教育等多功能于一体的综合性文化中心。从政治合作的象征到市场经济的参与者，从文化封闭到国际开放的桥梁，再到城市记忆与情怀的容器，展览馆已经成为中国近现代史的重要切片，见证了中国从积贫积弱逐步走向繁荣富强的历史进程。

信息中枢里的多面手

在时空坐标的交汇点，阳光大厦由华堂商场改造转型而来，缝合了传统百货的消费记忆与现代金融的资本脉搏，恰如西直门商圈千百年来商路演进的小小缩影，也见证了华能信托从行业排名倒数到稳居行业前列的跨越式发展。

而我所在的信托业务总部作为公司上传下达、内外沟通的信息中枢，就如同精密仪器中不断啮合的齿轮。每天推开阳光大厦五层的玻璃门，进入总部的办公区，总能看到熟悉的工作场景：有人捧着文件在工位间穿梭，有人左手接听电话右手回复微信消息，有人对着电脑屏幕上的Excel表格手指翻飞。在这里，每位同事都要同时承担不同领域的多项工作，每周都要处理纷至沓来的临时任务——每个人都是多面手，每张办公桌都是微型调度中心。

初到总部，我主要负责资产证券化业务领域的工作。彼时的我对资产证券化只有模糊的概念，至于实操则是一窍不通。总部资产证券化小组的同事们事无巨细地倾囊相授，从监管法规到公司制度，从市场动态到项目创新，从业务营销到运营管理，通过参与资产证券化业务的全链条服务，我也逐渐成长为这个领域的熟练工，有时也能独当一面为业务部门答疑解惑了。资产证券化业务的日常运营工作繁杂且规律，每天来到公司的第一件事就是打开邮箱，看着加粗的未读邮件像武侠电影里的竹叶般破空而来，提醒着当日的待办事项：结息推送、信息披露、兑付指令录入、报告挂网……资产证券化业务的中后期运营管理工作仿佛没有尽头的莫比乌斯环，周而复始、循环往复，而我们是不知疲倦的工蚁，兢兢业业按部就班地跑满每一次任务圆环。尤其是存续期限动辄二十多年的个人住房抵押贷款资产证券化项目，为避免回款资金闲置基本都是每月兑付，我们部门资产证券化小组的同事经常打趣说：“等项目结束我们都该领退休金了。”

到了每月的那几个集中信息披露日，更是要做好心理准备。公司上百个资产证券化项目的受托机构报告、资产运营报告、付息兑付公告堆积成山，需要分别在中债登、货币网、北金所三个渠道提交挂网，同时还要根据报告内容逐项填报报告期间、兑付比例、兑付类型、披露时间等具体信息。我们只能化身人形扫描仪——既要保证效率堪比流水线机械臂，又需具备绣娘穿针引线的精准。几十个文件填下来，头晕眼花是常有的事，稍不留神就会遗漏或填错，但这事涉及公开市场披露，丝毫马虎不得，只好又回过头去检查一遍。这项工作并不复杂，也没有难度，唯一考验的就是耐心和细心，以及经年累月训练出来的手速。

在MBTI十六型人格测试风靡朋友圈的时候，我们资产证券化小组的同事也都跟风测试了一下，结果不出意料地，我们都是铁血J人，也就是凡事都要做计划，并且乐于按照计划行事，喜欢一切都井井有条的性格。想想我们的日常工作，几乎每一步都环环相扣，又对时间要求极为严格，因此都需要提前安排规划，大家不由得感叹："不是J人真的干不了我们小组的活啊……"

有时候，看着屏幕上一长列信息披露文件清单，和每年从年初排到年底的工作台账，我也会有些恍惚。在繁琐细碎的重复性工作里，自我价值感也在慢慢被蚕食。事实上，我们公司的资产证券化业务一直处于市场领先地位，总规模靠前的同时，还开创了多个市场首单，包括信贷资产证券化实行注册制后首单资产证券化项目、国内首单消费金融公司个人消费贷款资产证券化产品、国内首单以循环资产作为基础资产的信用卡类资产证券化产品、国内首单可再生能源电费补贴资产证券化产品等。这当然离不开业务部门的营销打拼，以及监管部门的信任支持。但是在光芒照不到的地方，还有很多中后台部门的同事们在默默付出，这种付出更多是一种无声的托举，以至于有时候连自己都会忽略它的力量。

如合规风控部的同事们为了一个创新性的业务模式反复沟通论证，合同反馈了十几稿；信托财务部的同事们每天马不停蹄地核对结息、审核报告、划款记账，常常深夜还在确认计算过程；还有信托业务总部的同事们，除了承担公司大部分资产证券化项目的中后期管理，只要业务部门有需求，不管是帮忙准备营销投标材料，还是协助项目合同文件的沟通及用印，几乎有求必应，就是为了尽最大努力减少业务部门的负担，让他们在展业时无后顾之忧。记得小组里一位同事刚来公司不久，就被拉去业务部门协助一个系列化信贷资产证券化项目的发行工作，在业务部门临时人手紧缺的时刻解了燃眉之急。

当我翻看这些年写过的投标文件，每一份都凝结着反复斟酌后的键盘敲击声，藏着每一版修改稿的影子，甚至页码索引、图表格式都经过了多次核对；当我在业务部门有紧急挂网需求时，迅速联系监管老师申请加急，并最终将所有信息披露文件顺利披露；当我对各类业务规则都能烂熟于心后，就开始独立负责相关业务，并梳理出全套标准化操作流程，帮助业务部门大幅提高办理效率，被他们戏称为“百宝箱”……我开始逐渐意识到，也许聚光灯下没有我们的身影，但军功章上早已留下了我们的印记。

2024年底，我的工作重心从资产证券化开始向产融协同、普惠金融等领域倾斜，也更多地接触了监管报送、业务分析等工作。当首次接到撰写产融结合业务报告的任务时，望着文件夹里密密麻麻的参考资料，突然想起几年前刚进入金融行业时，自己也是这般手足无措地站在资产证券化业务的海量法规前。如今面对新领域，那些在日积月累的工作中锻炼出的方法论给了我勇气——快速梳理工作要点、搭建逻辑框架、提炼核心观点，当报告经过多次修改终于通过时，才惊觉在看似平常的工作中积累的信息处理方法和逻辑思维能力，早已化作无形的养分。

在这种动态调整的工作生态里，最考验人的是“切换键”的灵敏度。某个周五临下班时，突然接到监管部门关于普惠金融业务的紧急调研通知。当晚，需要对所有项目进行梳理，将管理记录转化为层次分明的分析报告。打印机吞吐纸张的嗡鸣声中，那些在资产证券化时期养成的工作习惯突然鲜活起来——分类归档的底稿数据自动归位，监管要点如同弹幕在脑海飞掠。当材料准时提交后，看着办公桌上尚未开封的外卖，才意识到这种随时进入“战时状态”的能力，竟是在日复一日的平凡工作中淬炼而成。

在这个信息中枢里，每个工作小组就像交响乐团中的不同乐器。普惠金融组的同事每天要切换三种身份：上午是把关人，在“输血”实体经济和防控风险的天平上寻找平衡点；下午变成数据捕手，收集纷繁的基础资产信息、监控风险指标变化情况；深夜又化身故事讲述者，将冷冰冰的金融数据转化为有温度的业务案例。资金组的战场则在瞬息万变的资金市场，既要像气象学家般敏锐捕捉政策风向，又得像操盘手般统筹全盘资金配置。而坚守资产证券化阵地的战友们，依然保持着“分秒不差”的精准和勇于扛事的担当，为业务部门提供最坚实的保障。

于无声处听惊雷

当金城坊的算珠声化作普惠金融的电子脉冲，那些曾流淌在元大都银号账簿里的信用血脉，正通过互联网金融注入县域经济的毛细血管，用数字化工具延续“银钱过账、分毫不差”的古老契约；当西直门立交桥的多层架构投射在资产证券化交易结构中，基础资产的现金流如同京张高铁般准时抵达投资者终端，让固化的资产获得时空穿越的通行证；当展览馆穹顶的木质桁架演化为产融协同的支撑体系，将产业需求与金融工具精准对接，构筑起产融协同生态圈。此刻，西直门城砖的纹理正在合同条款中延续，钱庄掌柜的算珠已化作电子表格里的函数——在数不清的平凡岁月里，每个岗位都续写着金融传奇，让展览馆穹顶下的时代史诗，永远留有未完待续的章节。

某个千篇一律的早晨，我像往常一样走出车公庄西地铁站。到拐角处时，忽然看到三个环卫工人搭着梯子在戳梧桐树，视线往上，才看到一个卡在树上的风筝，像是来自童年的时光机。小狗们被拴在菜市场门口，伸长了脖子等待着买菜的主人。穿着校服背着书包的学生们吃着冰淇淋，嬉笑打闹着擦肩而过。这些平凡得近乎透明的瞬间，忽然与工位上的日常重叠——合规同事逐字推敲合同条款时的侧脸，财务部深夜亮着的顶灯，消保专员接听电话时永远温和的声线。

在这个崇尚创新的时代，也许中后台工作没有那么耀眼的光芒，但正是这些持续稳定的基础运营，构建起金融系统最坚实的底座。就像那个挂在树梢的风筝，如果没有托举的双手，再斑斓的纸鸢也飞不上晴空。再精密的钟表也需要发条驱动，再宏伟的建筑也离不开承重墙支撑。那些填过的万份表格、核对的亿级数据，早已在时光中垒砌成专业壁垒。

于无声处听惊雷，于平凡中见不凡。暮色中的车公庄西地铁站依然人潮汹涌，但看着那些疲惫却坚定的面孔，此刻却突然读懂了另一种浪漫。翻开青史长卷，王侯将相挥毫泼墨的间隙里，总有一群身影如黍稷般扎根大地，以平凡之躯铸就文明的基石。元大都银号的算珠声里，是无数账房先生佝偻的脊背，将碎银铜钱的流转编织成最早的金融脉络；西直门城楼下扬起的烟尘中，是千万商旅用草鞋丈量出京张古道的经济命脉；展览馆高高立起的中央尖塔下，工匠们以智慧与汗水托起城市的天际线。当我们将二十四史倒转，会发现那些密密麻麻的“等”“卒”字样，每个墨点都是活过、爱过、抗争过的生命。他们用结茧的掌心摩挲出历史的年轮，用沉默的坚韧编织着时代的经纬。正如黄河奔涌向海，原是千溪万涧的奔赴；人间灯火如星，恰因亿万萤火的汇聚。平凡永远是最磅礴的史诗，伟大从来不在云端，而在躬身劳作的背影里；传奇不必镌刻金石，只需春风年年拂过，苍苔自会记住所有沉默的绽放。

即使是莫比乌斯环上的工蚁，也能在周而复始中创造永恒。就像信托法律关系中“受人之托，忠人之事”的朴素承诺，没有惊天动地的壮举，不求万众瞩目的光环，只是把简单的事情做到极致，在重复的岁月里对得起每寸光阴。正如华能集团“三色”文化的传承，红色使命的薪火在平凡岗位燃烧，绿色发展的根系于无声耕耘中蔓延，而蓝色的潮音，正化作惊雷，激荡在每一份看似寻常的坚守里。■

羣芳簪綬

九州無處不堯封

按 语

从敕勒川的旷野，到三秦大地的褶皱，从沧江九回的蜀道云烟，到南下北上的改革潮涌——然九州之大，壮阔何止万千？华能信托人的脚步，从未停歇。

这里节选的，是未能尽述的地理坐标上，留下的几缕芬芳。

大庆油田的磕头机阵列中，绿色REITs如春藤滋长，环护工业血脉一路绵延；京杭运河的欸乃桨声里，普惠金融的活水正畅行于千年水道，滋养两岸；乌兰察布风车矩阵下，“电子牧草”不仅滋养着牧区孩童的星空梦想，更续写着游牧文明与清洁能源的共生诗行；张自忠路的槐荫深处，从铁血丹心到金融创新的脉动，恰似胡同棋盘上清脆悠远的落子之声，不绝于耳……

山河无遗册，笔墨有尽时。希望本章的补遗，能以金融为梭、绿能为缕，在空间与时间编织的经纬里，看到中国特色金融文化的光彩纹路。

大庆

黑龙江大庆油田自1959年发现以来，始终是我国最重要的石油工业基地，累计生产原油超过25亿吨，创造了连续27年稳产5000万吨以上的世界纪录。作为新中国工业精神的象征，“工业学大庆”的口号激励了几代人。

华能大庆热电厂正坐落于此。2023年11月，华能黑龙江分公司成功发行大庆热电定向资产支持票据（类REITs），发行规模22.4亿元。该项目是华能集团及华能国际发行的首单权益型类REITs，同时也是黑龙江省首单类REITs。这种“产业转型+技术创新+金融创新”的协同发展模式，不仅为大庆这样的资源型城市探索出了可持续发展的新路径，更形成了可复制推广的“能源资产证券化”中国方案，展现了传统能源基地转型发展的无限可能。

白山黑水间的“绿色之光”

（节选）

在全球碳中和进程加速与中国能源结构转型的双重背景下，华能集团公司提出坚定不移贯彻国家“双碳”发展要求，全力推进绿色能源转型发展。作为集团产融结合的重要载体，我们亟须通过金融工具创新盘活存量绿色资产，探索产融结合新模式。2022年夏季，当接到集团首单类REITs发行任务时，我既兴奋又焦虑。兴奋的是，服务集团主业的业务模式可以有新的突破，焦虑的是，我面对的是集团公司首单类REITs项目，没有可复制的经验模板。

时间紧迫，形势不容拖沓，我甚至来不及好好收拾一下行李，便迅速与同事们集结起一支专业能力过硬的团队。大家深知此次任务的艰巨性和重要性，没有丝毫犹豫，分头踏上了前往电厂的征程。

在首都机场的候机大厅里，机场广播一遍又一遍地播放着航班因雷暴天气延误的消息，候机大厅弥漫着焦虑和不安。然而，对于我们来说，这却成了一个难得的沟通机会。我与业务部门的同事们、中介机构的专业人士围坐在一起，迅速抓住这个时间空档，热烈地讨论起项目的需求。我们从项目的基本需求出发，深入分析市场的现状和预期，探讨多种可能的项目方案，明确本次尽调工作的重点方向。大家各抒己见，思维的火花在热烈的讨论中不断碰撞，为项目的推进奠定了良好的基础。

当飞机终于抵达大庆萨尔图机场时，已经是凌晨一点十七分。走出机舱，一股清凉的夜风扑面而来，吹散了旅途的疲惫。我抬眼望去，蜿蜒曲折的油田输油管线在月光的映照下，宛如大地的黑色血脉，泛着幽蓝的光泽，向远方延伸。这座因石油而生的城市，此刻正沉浸在肇州裂谷带特有的静谧之中，只有远处采油机那规律的嗡鸣声，与华能大庆热电厂冷却塔那白色的轮廓遥相呼应，仿佛在共同谱写着一首能源强国的时代交响乐章。我们乘坐的出租车在松嫩平原上艰难地行驶着。导航地图上不断弹出“前方道路封闭”的警示信息，给我们的行程增添了不少麻烦。透过后视镜，我看到大庆油田那星罗棋布的磕头机剪影在夜色中渐次浮现，仿佛置身于一个巨型的工业矩阵之中，让人不禁感叹人类改造自然的伟大力量。

经过短暂而又紧张的休息，新的一天开始了。我们迅速投入到工作中。电厂的领导和同事热情地接待了我们，并详细地向我们介绍了项目的需求。随后，我们对电厂进行了全面的参观调研。锅炉房内，炽热的高温炙烤着我们每一个人的脊背。安全帽下，汗水不停地沿着鬓角滴落。当技术人员为我们展示近年来公司在节能减排、绿色能源方面取得的一系列令人瞩目的成果时，我注意到他蓝色的工作制服胸前“中国华能”几个字在灯光的照耀下格外醒目。这些成果不仅展示了公司在绿色发展道路上的坚定决心和卓越成就，也让我更加深刻地认识到此次项目的重要意义。

回到办公室后，我立刻组织中介机构的人员讨论项目方案。当时，类REITs还是一个比较创新的业务品种，在市场上并没有太多成熟的案例可供我们参考和借鉴。我们面临着一系列棘手的问题，比如资金支付路径如何科学合理地设置，现金流如何有效地归集，权益型融资如何获

“红色象征服务国家战略的使命，是金融对实体经济的坚守；绿色体现可持续发展，是以类REITs项目为手段助力绿色能源转型；蓝色代表创新变革，是在标品资管业务中风控模式的突破升级。这是华能信托风控人的‘三色’故事。”

马金星，南开大学法学硕士，现任华能贵诚信托合规与风险管理部总经理助理。曾获 2021 年华能金融系统先进工作者、公司先进个人等荣誉。作者所在的合规与风险管理部先后荣获贵州国资先进基层党组织、三八红旗集体、华能集团红旗党支部、华能金融系统青年先锋号等。

得资金方的认可等。这些问题就像一座座大山，横亘在我们面前。我从电厂的立场出发，充分利用自己此前积累的资产证券化知识，与各中介机构进行沟通和交流，最终形成了项目的初步方案。

回到公司后，为了进一步完善项目方案，我查阅了大量国内外REITs项目资料，并对同业机构进行了广泛的调研，参加多场资产证券化交流学习论坛。在此基础上，我多次与中介机构开会讨论，深入了解各方的诉求和分歧，并试图通过精心的方案设计找到一个平衡点，使各方的利益都能得到最大限度的保障。经过无数次对交易细节的精心打磨，我们的项目方案最终获得了各方的认可，为项目的成功发行打下坚实的基础。

首单项目发行后，在市场上引起了热烈的反响。公司的专业能力和工作效率得到了市场的高度认可和赞誉。我们以该项目为蓝本，积极助力多家央（国）企发行新能源碳中和债及绿色资产证券化产品。与此同时，我沿着集团的产业背景出发，积极探索风电、太阳能等绿色能源领域的金融服务机会。在这个过程中，戈壁、草原、荒漠都留下了我探索的足迹。■

杭州

杭州，这座素有“人间天堂”美誉的历史文化名城，在新时代焕发出数字经济的光彩。近年来，杭州以信息经济为引领，大力发展电子商务、云计算、大数据等新兴产业，成为全国数字经济第一城。

互联网金融在杭州的蓬勃发展，堪称数字经济与金融创新的完美结合，它深刻改变了传统金融业态，为经济社会发展注入了新动能。首先，极大地提升了金融服务的可获得性，通过移动支付、网络信贷等创新模式，让小微企业、个体工商户和普通民众都能享受到便捷的金融服务。其次，显著降低了交易成本，提高了资金配置效率，通过大数据风控和智能投顾等技术手段，实现了金融服务的精准化和个性化。更重要的是，它推动了普惠金融发展，解决了传统金融体系难以覆盖长尾客户的问题。在杭州这样的创新高地，互联网金融更与实体经济深度融合，为高质量发展提供了强有力的金融支撑。

走过京杭，行舟在金融运河上

（节选）

阳光斜斜地洒下，照亮了胡同里青灰色的砖墙。老槐树郁郁葱葱，枝叶在微风中沙沙作响。树下，几位老人围坐在石砌的棋盘边，一手摇着蒲扇，一手在棋盘间布兵摆阵，运筹帷幄。那气势如虹的派头，仿佛再创一番足以彪炳史册的伟大功绩、再拿下一个大唐帝国。远处传来清脆的自行车铃声，“王叔，吃了么?”“没呐，下完这盘儿的”。老北京的街坊四邻，相处得都像一家人。我，就是在胡同里长大的，地地道道的老北京人。

我家是满族，正红旗，满姓侯佳氏，世世代代都生活在北京，已有200多年的历史。清代嘉庆年间，祖上出过“诰命夫人”，也曾在朝廷任职，官至二品。我家算得上是书香门第，祖辈世代精通书法、篆刻和收藏：爷爷的祖辈中，有中国最早研究红学的刘铨福，他收藏的《红楼梦》（脂砚斋甲戌本），考证为当时最古的《红楼梦》版本之一；爷爷那辈兄弟4个，3个都从事美术相关职业且在文化传播的历史长河上，留下了自己的痕迹。爷爷精于篆刻、手工制作。三爷爷自幼画画，后任北京出版社（现北京出版集团前身）成立之初的首任美术编辑，当时出版的大量古籍著作的封面设计和手绘插图都出自三爷爷之笔。四爷爷是位著名的画家。曾任中国美术家协会会员，北京美术家协会理事，北京工笔重彩画会副会长，他一生精益创作，历时五年创作的54幅代表作《水浒人物》被评为北京市文学艺术创作甲级奖并全部被北京美术家协会收藏。而晚年创作的200幅的《旧京识往》系列作品，记录了他在北京城成长生活的一生中，亲身经历的且“无文无像”的内容。像“火判儿”“黄兽医”“打鼓儿的”“挑挑儿的”“换洋取灯的”这些曾经与老北京百姓生活息息相关，但现在又被遗忘殆尽的民俗文化，都被他一一记录下来。四爷爷曾说，“‘雁过留声、人过留名’，我要把我知道的留下来，不能带走，让人们知道老北京是什么样的，老北京人应该是什么样的，也不枉我来到这世上走了一遭。”我的父辈也都从事文艺创作与传播、艺术品收藏与鉴定相关行业，虽然都是在各自岗位上的“小人物”，但都有“大格局”。能在自己的一亩三分地上作出对人类有影响、对社会有贡献的事情，好像是流淌在我们血脉里的使命。

……

2013 年，我告别了中国银行，满怀期待与憧憬，踏入了华能信托的大门。初入公司，其高效、人性且充满活力的氛围便扑面而来，每一位同事都全身心地投入工作，大家积极交流、分享经验，共同为公司的发展贡献力量，这种积极向上的氛围深深感染着我，让我迅速融入其中，开启了职业生涯的新篇章。

我虽初来公司不久，但也被这股创新的热情所点燃，凭借对市场的敏锐洞察力，我察觉到互联网金融拥有强大高效的销售能力以及规模庞大的长尾客群。一个大胆的想法在我心中萌生：能否借助互联网平台的销售能力，将其作为一种创新且合规的销售渠道，拓宽公司的资金来源，同时实现“普惠金融”的目标，让更多人享受到金融服务的便利？而此时，阿里巴巴集团下属的支付宝（现蚂蚁金服）也在大力拓展与各类金融机构的全面合作，与信托公司合作销售非标资产成为其重要战略

“我是‘四九城’长大的孩子。2013年，我来到杭州，以金融为号角，开始了我的创新之战。”

侯亚娜，本硕均毕业于北京大学，拥有力学学士学位、经济学双学位、工商管理硕士学位。生长于书香门第，自幼学习古筝、书法，古筝曾获得北京市艺术节一等奖、全国艺术特长生等级考试一级水平。于2013年加入华能贵诚信托有限公司，曾推动落地华能信托与蚂蚁金服旗下招财宝平台的创新合作，成为首家在招财宝平台实现产品销售的战略合作伙伴。现任华能贵诚信托产业金融二部信托经理。

业务之一。双方的诉求不谋而合，犹如两颗相互吸引的星辰，在浩瀚的商业宇宙中找到了彼此。于是，我来到杭州，来到阿里巴巴园区，开始了我的创新之战。

杭州与北京，虽相隔千里，但京杭大运河宛如一条纽带，将这两座城市紧密相连。这条承载着千年历史的运河，从北京一路蜿蜒南下，直至杭州。它不仅是一条交通运输的大动脉，更是文化交流的桥梁。京杭大运河见证了北京与杭州在经济、文化等方面的频繁往来，沿着运河前行，仿佛能听到历史的车轮滚滚而过。北京作为政治中心，有着深厚的文化底蕴和丰富的资源，而杭州作为创业创新的高地，充满活力与机遇。通过大运河这条纽带，两地在商业合作、人才交流等方面不断碰撞出火花，共同推动着时代的进步。华能信托与阿里的合作，便见证了这种往来、这番碰撞和时代的创新与进步。

在阿里加班到深夜

彼时的阿里园区，绿树成荫，花草繁茂，与现代化的建筑相得益彰。建筑风格简洁大气又不失科技感，玻璃幕墙在阳光下闪耀着光芒，彰显着互联网企业的创新活力。园区内，来自五湖四海的精英们忙碌而有序地穿梭其中，他们带着对未来的憧憬和无限的创造力，在这个充满机遇的舞台上施展才华。这里，每天都诞生着新的创意和想法，推动着互联网行业不断向前发展，引领着时代的新潮流。

当传统金融行业与互联网“颠覆”式的创新激烈碰撞时，“镇痛”在所难免。在推进合作的过程中，我肩负着细化合作方案、设计交易结构的重任，必须在严格遵守现行监管要求的前提下，进行适度创新。这就如同在荆棘丛中寻找一条通往光明的道路，每一步都需要小心翼翼，既要突破传统思维的束缚，又要确保不触碰监管的红线。

金融人与互联网人在思维理念、认知结构方面存在显著差异，这常常引发激烈的争论。我们金融人注重风险控制和合规性，行事较为稳健；而互联网人则更具创新精神和冒险意识，追求快速迭代和用户体验。记得在一次关于交易结构设计的讨论中，双方就风险评估和收益分配的问题产生了严重分歧。互联网团队希望简化交易流程，以提高用户体验和交易效率；而我们金融团队则从风险防控的角度出发，认为必须增加一些必要的环节和保障措施。会议室内气氛紧张，争论声此起彼伏，但大家都秉持着求同存异、促成合作的共同目标，没有让分歧演变成冲突。

经过长达半年多的摩擦与碰撞、焦灼与争论；最终，华能信托在众多竞争对手中，脱颖而出，成为招财宝战略合作伙伴和第一家实现业务上线的信托公司。还记得我们合作的首笔资产，规模5亿元，上线首日，几个小时就全部售罄。我全程在杭州现场督战，产品顺利售罄的那一刻，忍不住泪目。和我共同奋斗了半年多的招财宝的战友们，纷纷投以拥抱和赞许。

那一日，直至傍晚，我那颗高悬许久、紧绷不已的心，终于寻得了片刻宁静，也终于停下了仿若不曾停歇的匆忙脚步，欣然踱步至西湖之畔，决意用我全部的心神，去细细领略这座城市独有的韵致。杭州的西湖，“两堤三岛”恰似温婉佳人，仪态万千，风姿绰约，每一处都散发着别样的迷人气息；“西湖十景”则如同一幅幅绝美的画卷，各有其独特的韵味与风情，令人沉醉其间，难以自拔。

彼时正值夏日，踏入曲院风荷，刹那间，仿若闯入了一片绿与红交织的梦幻之境。满湖的莲叶，似是被大自然精心铺就的绿色绒毯，层层叠叠，无边无际地向远方延展，直至与天际相融，真是“接天莲叶无穷碧”。而那一朵朵荷花，恰似娇羞的少女，在这如诗如画的绿海中亭亭玉立。微风轻拂，她们便摇曳生姿，或浅笑低语，或顾盼生辉，那娇

西湖边的荷塘

艳的花瓣在夕阳的余晖下，闪烁着迷人的光泽，恰似天边被晕染开的一抹绯红，正是“映日荷花别样红”。空气中，荷花淡雅的清香悠悠飘散，丝丝缕缕，萦绕在鼻尖，让人心旷神怡，仿若所有的烦恼都在这一缕清香中渐渐消散。

我沿着湖岸，缓缓踱步前行。脚下的石板路，带着白日里阳光的余温，似是在与我轻声诉说着西湖的过往。抬眸远眺，远处的山峦连绵起伏，如一条蜿蜒蛰伏的巨龙，静静地守护着这片澄澈的湖水。山峦的轮廓在晚霞的映照下，变得朦胧而柔和，与波光粼粼的湖水相互依偎、彼此映衬，共同勾勒出一幅山水相依的绝美画卷。那画卷之中，有大自然最纯粹的笔触，有岁月沉淀的诗意，也有此刻我满心的激动与感激。

我深知，华能信托与招财宝的合作落地，不仅是因为华能信托拥有优质的资产和高效的响应速度，不仅因为华能信托拥有一支爱岗敬业、勇于创新的专业团队，更重要的是，华能集团强大的股东背景，以及华能资本项下各个金融子公司之间卓越的协同能力呈现出的整体战斗力，就像一艘装备精良、团队协作默契的巨轮，在商海中展现出无与伦比的竞争力。

回首在华能的十二年，我一直坚持做难而正确的事情。每一个“首单”背后，都充满了挑战、碰撞和不为人知的细节。每一次转型，都意味着要走出舒适圈，挑战权威，挑战自己。我做到了，“小人物，也可以有大格局”，我做到了在自己的一亩三分地上，几次“折腾”出可以写进董事长工作报告的、可以对公司发展、信托业转型创新有意义的“大动作”。■

贵州 河南 内蒙古

信托是一种专业的财富管理方式，指委托人基于对受托人的信任，将财产权委托给受托人，由受托人按委托人的意愿，为受益人的利益或特定目的进行管理和处分。信托具有资产隔离、风险规避、财富传承等功能，能够实现财产所有权与收益权的分离。

慈善信托是一种特殊的信托形式，指委托人基于慈善目的，将财产委托给受托人进行专业化管理。相比较传统捐赠，慈善信托具有财产独立、运作透明、期限灵活等优势，既能实现财富保值增值，又能确保善款长期持续用于公益事业。

华能信托在慈善信托领域，足迹遍布全国，自2016年9月备案贵州省首单慈善信托以来，已累计在贵阳市民政局备案成立慈善信托16单，累计备案规模突破1.5亿元，累计对外捐赠帮扶项目资金突破1.3亿元。在青少年关怀教育、社会医疗扶助以及乡村振兴等领域成功地塑造了央地结合金融企业社会责任品牌，探索和走出了一条符合集团公司“三色”文化、符合贵州慈善文化的慈善信托发展道路。

慈心善念暖九州

关于华能信托的慈善纪行

（节选）

北国风光，风吹草低见牛羊

当我们谈及内蒙人文时，就不得不提广袤无垠的草原，蓝天白云下成群的牛羊，以及那悠扬的蒙古长调和热情好客的蒙古族人民。当我们追溯内蒙古历史时，就不得不提在这片人杰辈出的土地上，无数英雄儿女谱写的宏伟壮丽史诗篇章。乌兰哈达火山群犹如草原上驻足千年的巴特尔，注视着脚下这片土地，见证着它经历的沧海桑田般的变化，感受着时间的流转和历史的沉淀。在辽阔的黄花沟沃野之中，矗立着一排排风力发电机组，它们如同海上扬帆的船只，竞相展示着它们的力量与美丽。从历史的长河中缓缓走来，发展的脚步从未停歇。质量是文明进阶的永恒坐标，任何事物的发展都应以高质量刻度来铭刻，而金融业的高质量发展核心内容之一即包括“坚持契约精神，恪守市场规则和职业操守。做到以义取利，不唯利是图。处理好功能性和营利性的关系，履行好社会责任”。

2018年伊始，在中国信托业协会的号召与组织下，贵诚信托与诸多信托同业一道，深入乌兰察布开展脱贫攻坚调研与帮扶活动，从前旗、中旗到后旗，从碧绿草原到大戈壁，见证了蒙古族人民乐观豁达的精神风貌，同时感受到了他们面对困难时的坚韧不拔。这种扎根于蒙古族优秀文化之中的力量，也给尚处行业高质量发展转型时期的中国信托人以鼓舞和激励，华能信托、中诚信托、国投泰康信托等一批批信托公司至此与这片草原结下了不解情分。

梦想是我们人生旅途中的灯塔，指引我们攻坚克难，不断前行。2019年11月，贵诚信托援助乌兰察布市脱贫攻坚第二期援助项目——察哈尔右翼后旗白音察干镇第二小学及察哈尔右翼后旗明德小学“梦想中心”竣工落成，“梦想中心”多媒体教室依托多元的发达城市教育资源和平板电脑等操作平台，让后旗师生拥有了更多联通优质资源和获取丰富教育信息的途径，让孩子们的视野跨越茫茫草原，触探到世界更多角落，从对未知的探索与学习中，建立能力自信，树立文化自信。

慈善不是流星划过天际的刹那璀璨，而是种子破土前漫长的暗夜蛰伏。它需要以年轮刻度丈量人性温度，用持续脉动对抗无常世界的寒潮。做好公益慈善，久久为功，是荒滩种树人听到沙丘上传来的第一声布谷鸟叫前经历的漫长心路。

贵诚信托一直将教育作为过去脱贫攻坚以及当下乡村振兴工作的重要内容，正如古希腊哲学家亚里士多德所言“教育的根是苦的，但果实是甜的”，教育公益播种的今天，必将收获更美好的明天。公司早在2013年就成立了旨在推进留守儿童等群体教育帮扶的惠民公益信托计划，公益一直是贵诚信托的文化底色。刘芳总多次提出，公司要始终坚持“善作善成、久久为功”可持续慈善事业观，以社会责任履职实效为核心目标，以实现委托客户慈善信托目的为根本，积极构建与公司业务整体协同发展、与新时代慈善事业需求相称的慈善信托服务体系。

胡乃峰，毕业于中国政法大学，于2018年加入华能贵诚信托有限公司，主要从事财富管理及慈善信托业务，参与设计、管理慈善信托16单，累计募集慈善信托资金超过1.5亿元，先后投向脱贫攻坚、教育帮扶、新冠抗疫以及乡村振兴等诸多公益项目。现任贵诚信托财富管理部高级信托经理。

“我所在的家族办公室是贵诚信托财富管理业务的核心组成，是公司积极倡导金融向善、财富向善新风尚的实际践行者。我们走过全国很多地方，努力用一个个温暖的项目，参与推动具备华能文化底色的慈善信托服务体系的构建与完善。”

中原大地，巍峨华夏山河壮

“天下至中的原野”，这片以今河南省为核心区域的中原大地，自古以来就承载着深厚的历史文化底蕴，它不仅是华夏文明的发祥地之一，更是中国古代政治、经济、文化的中心区域，孕育了无数的英雄豪杰和文人墨客，见证了无数历史事件的发生，留下了丰富的文化遗产和历史遗迹，如龙门石窟、少林寺、殷墟等。这片土地历史悠久，人文荟萃。千年来，孕育了崇德向善、乐善好施的慈善文化。从这里走出的“商圣”范蠡家财三聚三散，福泽乡民，救济苍生。其后，苏轼则是“享天下之利者，任天下之患；居天下之乐者，同天下之忧”。

信义文化既是信托行业历久弥新、不断创新的重要内涵，也是慈善文化的核心要义。2022年3月，公司集团业务部及家族办公室与战略客户牧原集团、农业银行合作落地“华能信托·农银壹私行·牧原润泽慈善信托”，至今该信托已累计募集资金1.2亿元。中原大地历来重教，作为赓续企业文化精神的载体，“牧原润泽慈善信托”累计帮扶学子超3000人。心作良田，播种的是一个个家庭对未来美好生活的远景。文化强企，传承的是企业世代相继的优秀精神内核。

西南胜境，山川静谧岁月悠长

贵州，一个多民族共生共荣的山水秘境，蕴藏着独特而丰富的人文魅力。这里聚居着苗族、侗族、布依族、水族等18个世居少数民族，他们以绚丽的服饰、悠扬的歌舞、古老的节庆和精湛的工艺，编织出一幅多彩的文化画卷。贵阳的青岩古镇卤猪蹄香气弥漫；遵义街头“茶汤”与“羊肉粉”的热气里飘着方言俚语；镇远古城舞阳河畔，龙舟号子与吊脚楼的灯火交织成流动的史诗。

贵州的人文，是山与水的馈赠。从这里出发的贵诚信托人，与这片土地的品格深深地融入在一起，坚毅、拼搏、豁达是贵诚信托身处行业高质量发展转型重要时期的底气与勇气。贵诚信托始终心系贵州经济社会的发展，在公益慈善领域，贵诚信托更是责无旁贷。

2019年8月21日，公司联合北京银行、濮存昕爱心基金举行“心灵艺术——儿童戏剧嘉年华闭幕汇演”，受公司慈善信托资助的25名贵州雷山县留守儿童登上北京天桥艺术中心的舞台，孩子们相继在留言板写下的“我的梦想是考上清华大学，带我奶奶来北京旅游！”“我想成为演员，我来到北京就很开心，上课很开心，我要带大家来北京”“我长大要当一名医生，帮人看病”，没有铺锦列绣、错彩镂金，却显得格外感人至深。孩子们感受到了大城市的繁花似锦，却仍挂念着他人。

2023年，西南业务部牵头落地“证爱贵州慈善信托”，这一单汇聚省内证券业金融机构善款，旨在帮扶省内优秀学子。同年8月，我陪同

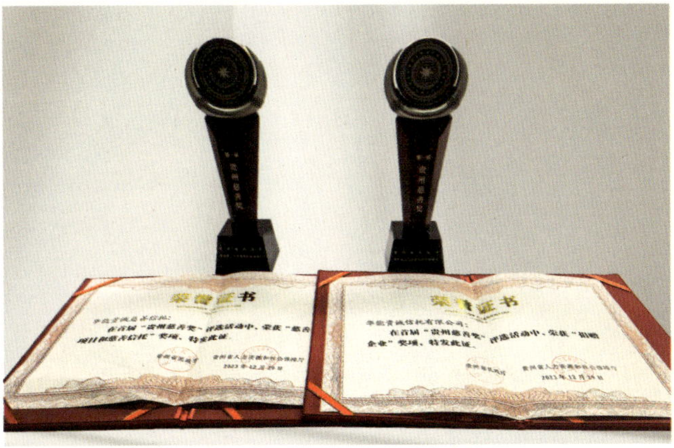

公司荣获第一届贵州慈善奖

公司领导及西南业务部同事走访在受助学生家庭中，我们遇到了一位令人敬佩的女孩，她刚刚收到了来自深圳大学法学院的录取通知书。这位女孩的家庭情况非常特殊，主要依靠她大哥进城务工的收入来维持生活。因此，尽管年纪尚小，这位女孩却不得不承担起家庭的重担。然而，尽管落后的环境在一定程度上给她带来了物质层面的困顿，但她面对困难时所展现出的坚韧和毅力，是值得我们所有人学习和尊敬的。

所以我们想，慈善不是怜悯，不是施舍，是在困境之下人与人的相互尊重与携手。在奉献物质资源的过程中，参与的个体何尝不是在收获着精神价值。

写在文后，青山一道，同担风雨

站在新的起点，我们深知慈善之路没有终点，只有永不停歇的步履。未来，我们将继续以责任为舵、以希望为帆，在扶弱济困、教育赋能、医疗援助等更多领域深耕细作。每一份善意的托付，都是我们前行的动力；每一份困境中的期待，都是我们坚守的初心。我们相信，微光终将汇聚成星河，善行终能温暖人间。■

张自忠路

张自忠（1891—1940年），中国抗日战争时期著名将领，国民革命军陆军上将，被誉为“抗战军人之魂”。1937年卢沟桥事变爆发后，张自忠负责与日军周旋，以争取时间掩护主力部队撤退，这一决策使他背负“汉奸”骂名，但他忍辱负重，南下继续抗日。1940年5月，张自忠率部在湖北宜城南瓜店与日军激战，最终壮烈殉国，成为抗战中牺牲的最高级别将领。

北京张自忠路位于东城区，原名“铁狮子胡同”，1947年为纪念抗日名将张自忠将军而更名。该路历史悠久，周边有清陆军部和海军部旧址、和敬公主府等文物保护单位。张自忠路是北京重要的历史文化街区，也是市民日常生活的繁华街道之一。

铁血丹心照征途

从张自忠路到西直门

（节选）

在北京这些独特的地名中，有三条英雄命名的道路：赵登禹路、佟麟阁路和张自忠路。前两条路距离公司不远，是为了纪念在“七七事变”中守卫北平南苑防线而壮烈牺牲的赵登禹将军和佟麟阁将军。北京人用地理命名的方式来纪念守卫北京城的英雄和烈士，承载了北京壮烈的抗战历史，是专属于北京的独特记忆。而最后一条路是纪念张自忠将军的，但以我中学历史课本残存的记忆，似乎此人的牺牲地并不在北京，那这位英雄又跟北京城有着什么关系呢？带着好奇和疑问，我开始了一段历史搜索。

……

了解了张自忠将军的故事，我又重走了北京的张自忠路，如今这是一条兼具历史底蕴与现代化发展的宽阔道路，有名人故居、大学故地、执政府旧址、公主府遗迹，一派华灯璀璨、车水马龙、店铺林立、绿荫

张自忠路口路牌

如盖的繁华景象。走在这条路上，抬头看，或许路旁的老槐树见证过将军的英姿；低头看，或许路旁的青砖承载过抗战的烽火；转头看，路旁两侧的胡同里，似乎还在传颂着将军的壮举。一种时空穿越和灵魂对话的奇妙感受涌上心头，我想把将军的故事讲给身边的每一个人听，讲给每一个北京人听、讲给每一个华能人听、讲给每一个信托人听、讲给每一个贵诚人听、讲给每一个风控人听。

……

虽然张自忠路距离公司所在地的西直门还有六七千米，但张自忠将军精神对我们的影响和激励却是零距离的。我把张自忠将军的故事讲给身边人听，更讲给自己听，感觉自己从将军身上获得了无限力量，似乎将军在我耳边叮嘱道：曾为“浪子”，不怕，咱们勇“回头”；即便“亡羊”，不怕，咱们当“补牢”。知耻而后勇，知弱而图强。过去，看我们的；未来，看你们的！■

“我偶然读到《张自忠传论》，并实地走访了北京市东城区张自忠路。我发现，周围的人物故事，与张自忠将军的故事遥相呼应——历史从未远去，它都曾是当下平凡瞬间。”

李楠，毕业于中国政法大学，曾就职于北京市海问律师事务所，2014年加入华能贵诚信托有限公司，现任合规与风险管理部资深经理。曾获2024年度华能集团、华能金融系统三八红旗手，2023年度华能金融系统优秀共产党员，公司先进个人等荣誉。

后 记

合上最后一页，九州河清海晏，万家灯火通明。沿着华能产业足迹，散落在华夏版图上的点点星火，已汇入照亮社会发展与文明传承的星河。

《在这里能看见华夏》，是华能集团公司职工文学协会首部公开出版的作品集。我们尝试以获画地，以金融为江河，将笔墨作行舟，沿着华能产融协同的航迹，穿梭于中国电力能源的广袤沃土，将产业的奋进与人文的深邃编织成册。

每位作者的创作之旅，也是反刍记忆和升华思考的过程。踏访北疆寒雪中的电场，聆听机械旋转的雄浑乐章；驻足西域的风光阵列，目睹新型能源与古老土地的和谐共生。每一次与现场的对话，每一处与历史的相遇，都让我们对“同行华能，看见华夏”的命题有了更深的理解。这些素朴的感悟，最终凝聚成书，希望能与读者共享这份独特的探索之旅。

我们愿将本书作为沟通的桥梁，以文会友，听到您的声音，共享您的思考。无论是被书中的产业故事所触动，还是对此间深藏的人文脉络有新的见解，都欢迎您加入读者群与我们交流。这里，是由一群热爱文字、关注产业发展的人，共同搭建的精神家园。

最后，感谢每一位读者的翻阅。愿这本书成为您了解中国能源产业与人文魅力的窗口，成为我们以文结缘、携手前行的又一个起点。

本书编委会

2025 年 6 月